無眠之夜

凌晨三點，神經兮兮，放另一個我出來玩……

曾孟卓 著

【代序】 星星

輯1 想像的邊際……◎

輯2 無眠之夜

輯3 旁觀者

輯4 匆匆

輯5 餘韻

【代序】

星星

天上是滿天的星
你喜歡
叫他們星星

星星眨眼
猜疑這個仰望夜空的人
心裡真實的景象

回憶和幻想的構圖
在時空間糾結

你曾經說
我總是沉迷於編寫
脫離現實的故事

像一塊投向遠空的石頭
循自己喜歡的軌跡
偏離了地面
又回到地面

輯1

想像的邊際

愛情

愛情總是一個人付出比較多，另一個人付出比較少。愛情最大的喜悅是付出而得到對方的回報，只要回報超出期待，喜悅就會昇華成感動，如果長期付出而得不到一直期待的回報，在失望之餘，繼續付出就變成沒有價值的犧牲，這時候，哀傷、憤恨、無奈與孤獨都會洶湧而來。

既然付出不對等，回報自也不一，小往大回當然讓你喜出望外，大往小回卻更是人之常情。愛情這東西更會隨時間變質，同一對象，明天付出的跟今天一樣，卻不一定可得到等值的回報，今天明明是付出較少的一方，明天也可能一夜翻盤。愛情是最高風險的個人投資，偏偏人人賭性堅強。

隔著重洋，你在電話的另一邊哭了。

我無言。

你掛線。

最近讀了太多費滋傑羅。想起一個朋友的評語：繁華過後是蒼涼，費滋傑羅的小說如是，愛情何嘗非如是，尤其那個「涼」字讓人感覺淒冷。

其實，我根本沒有刻意去想什麼事情，我的內裡兵荒馬亂。

過了良久。

良久究竟有多久？感覺是一呼一吸都有一年長，但偏偏你還是好好地坐在辦公室，還沒到下班時間。

我鼓起勇氣再撥個電話過去。

你嘻嘻說笑，若無其事。

我可以當事情已經了結，或者是，我又多欠了你一次。

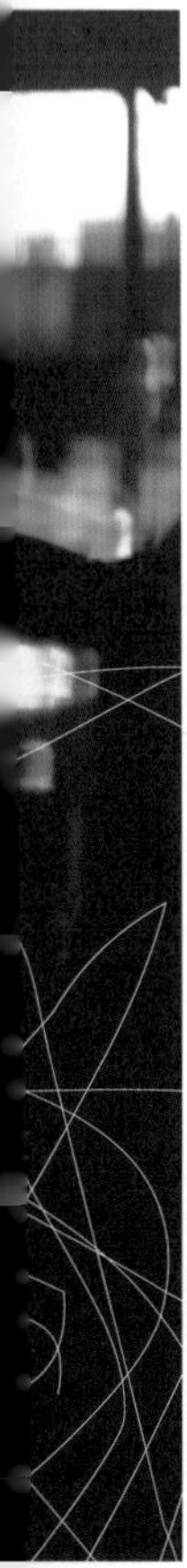

委屈

她突然默不作聲，眼淚像兩行停不了的湧泉。

每次她哭，我就束手無策，只會像個呆瓜般站在一旁，說些不著邊際的蠢話。

然後她就會用最決絕的速度收拾所有東西，奪門而去。

我嘗試拉她的臂，她用力甩開，那力度讓我不敢再嘗試第二次。

衝出大街四、五十步，她才慢慢緩下來，我緊隨其後，如果她沒有緩下腳步，我是不敢追上去的。

如今我站在她面前，兩行眼淚仍掛在她臉上，她卻笑了：

「我沒事，只是突然有點傻，讓我走就沒事。」

「我可以送你嗎？」

「不用。」

她說出的話，沒有人可以改變。我為她攔了一輛計程車，目送她離去。

她為什麼會這樣，其實我心知肚明。

重逢

既然時光無法倒流，一切的追悔就只能混雜在回憶和幻想中。所有的約定都不如一次巧遇重逢，彼此眼中的熾熱混合嘴角的清涼，是一種溫暖又暢快的味道。

你的眼神似笑非笑，回憶如閃電在腦海翻箱倒篋，追溯往日的種種悲歡。不過是幾秒鐘的停頓，但狹路相逢造成的驚訝瞞騙了知覺，時間和距離愈拉愈長，直至不知道是誰先從嘴巴擠出一聲「Hi」，現實的場景才重新占據這一幕。

其後的十句交談不外乎問問近況，說話的內容任何一方都不可能記得清楚，彼此心不在焉地偷偷回味過去，那情境就像一邊在看電影一邊在打電話，兩頭都無法集中注意力。

片面的交談是何等無聊，終於有人耐不住觸及過去，於是電話中的對白彷彿驀然與電影接上了軌，火花迸發的震撼力讓內心開始狂跳。

你用笑容掩飾慌亂，甚至還懂得滿不在乎地聳一聳肩：「我都快忘掉了，你居然還記得這麼清楚。」這句話的技巧在於：你既不想跳開話題，但也不想表示自己很在乎。

誰知對方決絕的個性從來沒改：「忘記了就算了，沒必要再提起。我們還是聊別的吧……」

於是你急了，趕緊繞回來：「經你這麼一提，我都記起來了……，我還記得那一次我們……」

對方的表情再次似笑非笑，這次代表的卻是一次含蓄的勝利。

你不知不覺陷於被動，數度落入追悔式的沉默，然後或你或她以一種解嘲或插科打諢的方式重新展開對話。

你們的距離隱隱在拉近，再拉近，直到指尖幾乎觸碰到對方指尖的瞬間，你猶疑了頃刻，她隨即機敏地站了起來。

其後的十句交談無非是交代些場面話，雙方心知無法再往前一步，也捨不得立刻道別。

你在迷迷糊糊間全力積蓄決心，但那條能量線還沒上升過半，對方已轉身離去。

即使你又重新拿到了她的新一套聯絡方式，你知道自己沒有勇氣再找她重來一次。

不是早說過了嗎？所有的約定都不如一次巧遇重逢，因為那是一次命運的交織，在彼此的控制之外。

你不禁猜想：是命運在暗示你們尚未完結嗎？還是這一次才是真正結束的句號？

而我一直不知道答案。

因為即使我曾經演習過無數重逢的場面，但它們始終沒有真實地發生過。

有一種舞

塵埃在光線下流竄
難以掩飾的慌亂
即使用層層旋律覆蓋
即使一再轉身，再轉身
翩翩起舞，嘴角保持微笑

有一種舞名為告別
轉身，再轉身
絕不四目交投
絕不思念，隨歲月遠颺
翩翩如晚風，眼角保持微笑
情願偏安於幽黑的一角

捕捉某種輕盈的節奏
你說話，我沒有留心在聽
你轉身，再轉身
有一種舞名為告別
我知道
我低頭不看

回憶充滿啤酒的味道

凌晨。

窗外是吵雜的行車聲音，輪胎以高速擦過粗糙的地面，老舊的引擎在低吼。意識在若即若離之間，無法沉睡，身體在床上反覆，終於受不了，還是決定醒過來。

每一夜都是如此，失眠，已成習慣。

我走出客廳，一支電視搖控器冷冷清清放在茶几上，你不可能為此感傷，直到搖控器握在你手中，寂寞之意卻由此而生。

你唯一能變換的，是眼前的畫面，一百多個電視台，來來去去，還是不夠。莫名的厭倦，懶懶的，想找一罐啤酒喝，卻不想走兩步到廚房開冰箱。

已經忘了轉到第幾台了，忽然一把異常親切的聲音近在耳邊出現：「年輕人，你寂寞嗎？」我把本來漫不經心的注意力重新集中在眼前，眼前，電視機裡，一個笑容和藹的美麗婦人，大概五十來歲。

是哪門子的節目？問了這麼一句話，就變成定格畫面。

按轉台無效，調聲音無效，嘗試關機也無效，搞不好是搖控器電池耗光了。你或許無法了解，當一個男人連最後唯一的權力——電視機畫面轉換力也失去之時，是多麼沮喪和憤怒。

我正要把搖控器砸向電視機之際，畫面動了，婦人親切關心的笑容，像你的大姊，或小時候媽媽盛怒要掌摑你時，把媽媽攔下來的阿姨，她會蹲下來幫你揩拭眼淚，好言相勸，叫你以後要聽話乖一點啦，甚至再賞你一顆巧克力糖果。

總之就是一個你覺得無法拒絕的大姊，看起來五十來歲，但還是感覺非常美麗的婦人。

她又重複了一次：「年輕人，你寂寞嗎？」

她眼睛直直的望向我，完全沒有誤會的空間，根本就是針對著我來說。溫柔的語調，如小時候聽媽媽說睡前故事。

即使今夜是農曆七月七日，俗稱鬼月，心中竟然沒有驚懼的感覺。我居然笑了笑，向電視機裡的婦人回話：「寂寞，又能怎麼樣？」

婦人微笑，她實在充滿魅力。她問：「你有啤酒嗎？」

我甚至感到很愉快：「一個單身男人的家裡，什麼都不會有，但最少總有一、二十罐冰凍的啤酒。」

我試探：「你要跟我喝嗎？」

她還是答非所問：「你不拿出來，我怎知道你有沒有？」

我二話不說，衝向冰箱去拿了六罐冰凍啤酒回來，我相信花不到五秒的時間。

「現在怎樣？」我問。

婦人微笑，神祕莫測：「我找人陪你。」

我還來不及反應，就像日本漫畫《電影少女》的情節，一個清新亮麗的女孩子首先在電視機畫面上出現，一轉眼就坐在我身邊。

非常熟悉的臉孔，短頭髮，粗框大眼鏡，還是當年的模樣，我逐漸心跳加速，她，是我念小學六年級時的第一個女朋友。

她沒有說話，但爽朗的笑容，白皙的皮膚，機靈的眼神，絕對就是當時我迷戀的她。我嘗試觸摸她的手臂，誰知道只是幻體，但她的眼神望著我卻是如此真切，手裡還拿著一罐跟我手上一模一樣的啤酒。

我望向電視，希望向婦人求助，電視卻沒有畫面，播放著一些不知名的抒情音樂。「你要跟我喝一杯嗎？」我只好回頭試探那個幻體。

她微笑示意，舉起她的罐頭啤酒呷了一口。

我無言看著她，講不出話，想起她個性總是那麼爽朗，某一天突然問我：「你喜歡我嗎？」我呆了三秒，才點了點頭。我們就這樣天真地，在互相表達喜歡後成為男女朋友，一起背著背包上學，親密得肩膊碰著肩膊的距離，但從開始到結束，羞澀得連手指頭也沒有勾在一起過，更不要說牽手、擁抱或接吻。

過了好久，某一天她突然在電話裡跟我說：「對不起，我現在不喜歡你了……」

回憶到這裡，手中的啤酒已經喝完，她也突然憑空消失，連音樂也停掉。

電視機中，婦人再次出現，笑容親切：「還想喝啤酒嗎？」

我深吸了一口氣，打開罐頭：「想。」

第二個出現的是一個短頭髮、非常清秀的美女，她後來成為了電視台的新聞主播。十七歲時的暗戀對象，我們在同一個補習班上課，下課後到河邊的閱讀室溫習至夜深。跟三個女孩子一起讀書，誰先到了就先霸占座位，她大部分時間都很專注，而我則假裝專注，然後不斷偷看她，逮到她分心的機會就說兩句閒話。她一直非常含蓄，我也不太主動，公開考試結束後，沒有人需要溫習，我們的關係也就結束了。即使十年後可以隨時在電視機前看到她播報新聞，不過，很難忘記她十七歲時天真氣質的臉孔，我總喜歡說些傻話逗她，然後看她那個忍俊不禁的俏皮表情，在一、兩秒間又回復原來的雅靜。

這時才發覺，少年時期的我，迷戀短頭髮、身材高挑的女孩子。

啤酒在不知不覺間乾了，她也就隨之消失。

我的情緒卻愈來愈高漲，馬上又拉開了一罐啤酒。

電視機中，婦人笑了笑，沒有說話就消失了。

出來的是大學時期的女朋友，一個喜歡被很多人追求的混血兒。她常強調，我是她最親密的朋友，追求者中的排名第一，卻不能算是認定的男朋友。再看見她，我毫不覺得生氣，只是奇怪當初為何會迷戀這樣一個女生。故事短暫而膚淺，創傷卻極深。我不願意多想，一飲而盡。

其後是一個單純而認真的女孩子。我們之間沒有波折，只是當時我根本沒有對等的認真。今天，我竟然無法追憶幾件發生在我們之間曾令我有所感觸的事，這份感情除了歉疚外，在我心中原來是如此無足輕重，還是，我早已刻意忘掉所有關於她的事情？眼前的她，還是笑容靦腆，不時偷偷皺眉認真思考。我們分手之時她是多麼哀痛，而我的心腸卻硬如鐵石，甚至不願意說出一句「對不起」。現在我終於有機會向她道歉，然而面對這個真假難分的幻影，道歉真的有用嗎？我心中躊躇不定，她卻突然仰頭把酒喝光，消失不見。

這夜，我忘記自己喝光了多少罐啤酒，遇見過多少個曾經交往過的戀人，只隱約記得大概在要看見最近離我而去的女孩之前，我就倒下了，或許，現在我心底裡最不想遇見的，就是她。

醒來的時候，天還未亮，一地狼藉，全身疼痛。電視機已經關掉，畫面漆黑，而我並不急於重開電源。老實說，我不想知道是怎麼一回事，也不知道會否再在電視機上看見那個詭異的美麗婦人。

只知道，回憶，竟然是如此傷人。

（某年，於七夕。）

戲

閃亮的大刀，一刀斬下馬頭，血流滿地。那馬慌亂的跪下，四腳屈曲，把戰敗的將軍拋在地上。

「寧死不降！」他大喊。

「寧死不降！」他嘶聲呼喊。

西風壯烈，刀光再閃……

無聲。

我的雙腳微微在顫抖，心裡想：絕不能跪下！

「寧死不降！」我心中吶喊。

你滾動的眼珠盤算著如何脫身，我彷彿已看見自己滾動的頭顱被踢開老遠。

你拿起包包，隨便扯了一個謊，說要先走了。

我嘗試密封所有虛怯的毛孔，露出一個信任的微笑：「沒關係，我得把戲看完。」

破布。

裂帛的聲音在舞台上響起，變臉演員撕開了一張又一張的臉，在喝采的掌聲中欣然落幕。而我始終沒有撕破：你的廬山真面。

熱門電影的第十三週

你站在懸崖邊，向眼前的深處張望。

你想起那句混帳的對白：You jump, I jump！（你跳，我就跳！）

一群過度興奮的羊向你狂奔而來。

不，牠們繞過你，逐一跳落那無盡的深淵。

只要第一個開始跳，其他就會跟著跳，毫不猶豫，理所當然。

你兀立在懸崖邊，感受那唯一的蒼涼。做一個孤獨的決定，真的殊不容易。

腳下陰沉的黑仍大大地張開，展露著多多益善的自信笑容。

十二年後同一個導演輕鬆奪得了金球獎。

驀地傳來一聲森寒的冷笑，從你的腳下直攻到你的心臟：

I can feel you！（我能感覺你！）

你，最終會不會跳下去？

星期六晚上的第二十五個可能性

故事發生在前一個故事結束的時候。

前一個故事是這樣的：

這是一個平靜純樸的小鎮，男主角載著兒子來到超市的門前泊車，帶兒子進內購物。

頃刻，從山上飄來一層厚厚的濃霧，將小商店重重包圍。

有人從濃霧中逃出，滿身鮮血的闖進店內，呼喊趕快關門。

你知道美國的商店，外牆都是薄薄的玻璃門，讓你遠遠地就可以看見店內的商品琳瑯滿目，也增加了店內的空間感。

如今一群人擠擁在店內，大家的神情都充滿困惑和疑懼，而透過一塊塊玻璃望出窗外，只有濃濃白霧，深不見底，那個滿身鮮血闖進來的男人，驚魂未定，一堆人圍著他詢問，而他的說法卻是：事情發生太快了，他也搞不清楚狀況，但肯定外面有不知名的危險，而且非常恐怖。

男主角把兒子交給在店裡邂逅的一位老師，一個溫柔美麗、看來也足可信賴的年輕女子，然後他協助眾人處理危機。

他們首先在倉庫門前遇到怪物的襲擊，數條比大腿還粗、會咬人的觸鬚從濃霧中伸進車庫，抓走並吃掉了一個年輕力壯的店員。他們看不清楚這是哪門子的怪物，但肯定牠巨大無比充滿力量，而且毫不猶疑會獵人為食。

他們最後成功關掉倉庫大門，把怪物擋在外面，然後回到前店宣示危機。群眾半信半疑，知名議員甚至認為這是一個陷害他的荒誕設局，最後他領導一班人嘗試出外探索究竟，並聯絡外援，結果一去不返，其中一個腰繫一條長繩出去，收回來卻空空如也，繩端染滿濃濃的鮮血。

一個女教徒出來宣示世界末日，地獄降臨人間。

沒有人理她。

大家把一包包重甸甸的水泥及肥料堆疊在商店的玻璃前，他們害怕怪物會把薄薄的玻璃外牆打碎，可惜那些包包數量有限，只能堆成一個及肩的圍牆，上面留空了一大片。

半夜，大家掌起燈輪流看守，結果一堆怪蟲朝光源飛來，附在玻璃前，然後是一群獵食怪蟲的怪鳥，在獵食的過程中不斷碰擊窗戶，最後脆弱的玻璃被撞穿破洞，好幾隻怪鳥和怪蟲闖了進來。

現場一片混亂。

怪蟲叮了一名少女的頸項，結果少女呼吸困難，半身腫大一倍，瞬間中毒身亡。

怪鳥如史前的肉食惡獸，獰牙利嘴，肯定是吃人的魔鬼。

有些人連忙生火擋住破窗的缺口，阻擋更多的怪物飛進來。

眾人逃避怪物的侵襲，或用各種方式消滅怪物。

平常看來像好好先生的店長原來是神槍手，在千鈞一髮之際射殺了準備撲擊男主角兒子的怪鳥。

一場充滿惶恐的慘烈對抗，把店內的怪蟲、怪鳥盡數殲滅，也死了好多個人。不覺天亮，附在窗戶的怪蟲也都散去，眼前回復看來平靜的一片白濛濛。

女教徒宣示必須獻祭才能停息災禍，預告這些地獄使者晚上必會再來。

還是沒有人理她。

男主角和店長雖已經過多番挫折，仍堅信必須採取主動，例如到附近的店鋪尋找救傷藥物，探索其他地方有否生還者，他們仍有一班勇敢的志願者跟隨，包括兩個六、七十歲的老伯和老婦。

他們在濃霧中摸索至隔鄰的酒吧，裡面空無一人。在倉庫中發現藥物，赫然看見天花上布滿毒蜘蛛網，有些人被緊纏在內，生死難辨。

一個士兵在絲網中奄奄一息，口中喃喃說道：「是我們的錯。對不起。對不起。」

隨著最後的呻吟，士兵的皮囊爆破，跑出一堆小蜘蛛。

你應該了解蜘蛛的獵食過程吧。牠會先用蛛絲把你糾纏得動彈不得，蛛絲甚至染滿令獵物瞬間麻痺的劇毒，然後牠會在獵物的要害咬一口，讓更多毒液灌進獵物的身體，獵物或許神智尚在，卻無力對抗。這時，蜘蛛施施然在獵物身上咬開一個破洞，吸取裡面的汁液，直到這獵物只剩下乾枯的皮囊，裡面完全被吸乾為止。有時候，蜘蛛甚至會產卵在獵物的身體裡面，讓獵物體內的溫暖和營養提供最優厚的哺育環境。

眼前這幾乎只剩皮囊的士兵終於完成了他的最後任務，功成身破，爆出許多飢餓生猛的小蜘蛛出來。

眾人驚駭莫名，連滾帶爬地逃出酒吧，飛步奔回小商店內。

當然，好幾個人未能逃出蜘蛛群的獵殺網。

從蜘蛛陣中逃回，有些人已驚懼得失去理智，他們轉述經歷，令在商店中的大部分人陷入六神無主，茫無定向，這時候，宗教成了唯一的依附。

女教徒再次宣揚她深信的教義，儼如神的代言人，而她成功贏取了眾人的信靠，成了人與神間的橋梁，宣揚神的旨意，領袖群眾的心智。

從驚懼中稍微平復，有人突然記起那個最後成為毒蜘蛛哺育箱的士兵臨死前的道歉。那個駐守在小鎮後面山邊的士兵，他為什麼要道歉？說是他對不起大家？

他們記起還有三個士兵先前困在小商店裡，找到一個，他仍為少女被毒蟲咬死而陷於哀傷，少女是他的中學同學，多年來他們一直互相暗戀，卻因為害羞而沒有向對方表白，驀然天人永隔。另外兩個士兵卻不見縱影，原來已經在後面貨倉吊頸自盡了。

眾人逼問這年輕的小兵到底軍方做了什麼對不起大家的事情，但他地位低微，只能轉述一些大概：

原來科學家在後山發現了一個通往另一個世界的缺口，科學家企圖打開另一個世界的通路，利用軍事爆破，結果讓另一個世界的生物闖了進來……

這當然不關小兵的事，孰真孰假也是聽聞而已，無辜的群眾聽到後卻驚怒交雜，深信不疑。這時女教徒更煽風點火，說這士兵根本就是叛徒，是猶大，是打開地獄之門的惡犯。

於是群眾唾罵他、毆打他，最後一個壯漢用刀子刺進他的身體，女教徒，不，她現在已是這個無知部落裡的大祭司，宣布要把士兵獻祭，以渡過今天的難關。

群眾深信不疑，無情地把染血無力的士兵驅逐店外，怪物毫不猶疑把他吃掉，沒有人知道到底是一天一個人剛好能餵飽怪物的胃口，還是獻祭當真有效，誠如「女祭師」所說，獻祭後今天不再有事，濃霧外一切又回復平靜。

男主角、女教師、店長、老伯和老婦等八、九人成為勇敢理智的少數族群，他們聽不慣女教徒的信口胡謅，也不甘心坐以待斃，決定天微明就帶備食物，冒險出店，開車離去。

天微明，他們決定離去時發現行囊不見了，原來他們的意圖被女祭師發現了。群眾聽從女祭師的說法，他們的擅自行動會危害大家，女祭師甚至提出要以孩童（男主角的兒子）獻祭。女祭師呼喝指揮，群眾陷於瘋狂，男主角等被包圍，被攻擊，寡不敵眾，驀然槍聲一響，女祭司肚子中槍，原來是店長出手了，再一響，正中女祭司的眉心。

大家都驚呆了，也屈服於手槍的威脅之下，垂手看著男主角及店長等眾人走出店外。

他們小心奕奕走向停車場，尋找男主角的七人座駕。停車場外布滿怪鳥和大怪物，店長及數人犧牲了，男主角拾獲店長的手槍，看看車內，就只剩下他和女教師及他的兒子，老伯和老婦五人而已。

他們安靜地緩慢開車，生怕驚動到更恐怖的大怪物。外面布滿濃霧，車子一路向前行，如無止境，沿路果然發現有隻怪物比史前的恐龍還要巨大，即使手執火箭炮也無把握把牠殺死，何況他們只有一台車和一支手槍而已。

汽車在濃霧中無助地前行，直到燃油耗盡。眾人相對無言，一陣轟轟隆隆的聲音緩緩趨近，彷彿就是那隻剛才好不容易避過的大怪物。他們已經絕望，卻下定決心不要成為怪物的饗宴。男主角檢算手上的子彈，只有四顆！

女教師含淚說：「子彈只有四顆。」

男主角與四人的目光一一相對，然後深吸一口氣，說：「我會自己想辦法。」

老婦說：「最少，我們都盡力嘗試過了。」

鏡頭拉遠，濃霧中就只剩這台孤獨無依的汽車，和裡面的五個人。驀然「砰！砰！砰！砰！」自車內傳出，伴隨著每一次槍聲的火光，和最後一聲彷彿無止盡的悲切的怒吼——在眾人的默許下（其中卻不包括他稚小無知的兒子），男主角親手槍殺了那對老伯和老婦、那個如果歷劫重生就必能發展出一段浪漫愛情的漂亮女教師，以及他的親生兒子。

然後他赤手空拳走出車外，面對那自遠而近的轟隆聲。男主角滿臉哀慟，神情卻蘊含著殉道者的神聖，他陷於瘋狂的呼喊：「來吧！王八蛋，來吧！」

轟隆聲臨近眼前，濃霧被驅散，竟然是重型坦克緩慢推進的聲音。軍方救援部隊終於大舉到場清理，他們成功地殲滅了無數怪物，封閉了通往另一世界的缺口，也救出了無數鎮上的生還者。

男主角茫然地看著車隊從身邊經過，吉普車上一張張被救出的慶幸生還的臉也看著他，如看見另一個新發現的生還者，然而他們喜慰的眼神對他來說卻變成最無情的嘲弄，他甚至認不出他們當中有沒有待在小商店中曾經陷於無知和瘋狂的老相識，他只想到如果他手邊無槍，他們勢必繼續待在車內，只要再多半小時就好……

他虛脫得連崩潰的氣力都沒有……

前一個故事演到這裡，這套週末九點檔的恐怖電影《迷霧驚魂》（*Mist*）已可以結束，而坐在電視機前一直把電影看到尾聲的桃麗絲，她的故事才剛剛要開始……

桃麗絲和愛德華

桃麗絲自七歲起就一直沉迷恐怖故事，幾乎不願意錯過任何一部恐怖電影或恐怖小說。惟有在驚嚇和逃亡的氛圍下，才可以令桃麗絲完全忘情投入，而忘記了現實給予她的施壓。

七歲的桃麗絲就發現生活是無聊的，她的父母每天平板地過日子，為瑣碎的事情爭吵，為庸俗的金錢寢食不安，而這些事情一直無止境地重複。這種生活滲透著一股無助的悲哀，而她只能默默的守候著（她深信終有一天她會遇到生命中的驚奇），她每天誠心禱告，希望這一天不要來得太早，她害怕自己尚欠足夠的智慧應付巨變；也不要來得太晚，恐怖故事中的女主角豈不都是青春動人的美少女。

桃麗絲今年十九歲，她「經歷」過的恐怖電影和小說沒有三千部也有二千八百部了，她自信目前已有足夠的成熟應付任何危機，而對鏡自照，她目前正處於青春欲滴、美麗動人的絕佳狀態。

桃麗絲並不特別欣賞《迷霧驚魂》這部電影，但今夜在家中的電視機前卻是她的第二次觀看。第一次看這部電影是去年四月在電影院裡，桃麗絲與愛德華正陷於熱戀，當時桃麗絲一方面投入於畫面上每一次突如其來的驚嚇，另一方面卻嬌弱地瑟縮在愛德華溫柔甜蜜的擁抱中，迷迷糊糊看到最後，隱約有一種鬱鬱不歡的窒礙感，來不及細心思考，燈光一亮，那一團迷霧就被愛德華陽光般的笑容瞬間驅散了。

這一次，桃麗絲決定一個人靜心地把它觀看完畢，畢竟，這是知名作家史蒂芬．金的小說改編而成，裡面必定隱含著些什麼。

桃麗絲嘗試全情投入在這些重複的場景中，時而被嚇得整個人跳起，失控地尖叫；時而以抱枕遮擋視線，瑟縮在沙發的一角，以耳代目。在驚駭與驚駭之間的喘息空檔，她適時騰出一點理智來分析這部電影：毫無疑問，這只是一部美式二流驚嚇片，看演員陣容或道具怪物的素質，更只是三流製作。反正這種片都遵從著某種既定模式運行，例如信口胡謅在某個異域世界跑來一批吃人怪物，這些都是科學家及祕密軍事行動失敗造成的結果，而怪物的模型往往就是把數種生物的造型混搭而成，例如八爪魚的觸鬚上有蜈蚣的棘刺，或仿照史前恐龍的頭和皮膚再配上一排排尖牙。怪物的動作都是突如其來，不是瞬間把人頭或半個身體咬掉，就是鑽到人的身體裡再從肚子正面爆出來，又或是以某種長而有力的肢體將人纏住不放。

除了製造尖叫機會外，宗教是其中一種恐怖創作的主力搭配，人瀕臨絕望就會陷於宗教狂熱，或倒過來，因為某種邪門的宗教狂熱而衍生出連串的恐怖事件，使無辜的人陷於絕望。然後大堆人以各種形式被殺，遺下視死如歸、做盡危險動作卻死不了的英勇男主角，或衣著性感、我見猶憐的嬌怯女主角，有時候，又把兩種角色混在同一個人身上，一個美少女同時兼具英勇和怯弱的特質，反正恐怖故事的要求就是無時無刻的壓逼和高潮迭起的驚嚇，誰會注意主角的背景和個性是否貫徹和合理？

桃麗絲對於這種千篇一律的恐怖格式並沒有太大的抱怨，她更認為自己的「豐富經歷」已能讓自己預習所有突發狀況，那些不出所料的情節只是她「見慣世面」的後遺症，直至此片發展到最後五分鐘。

這實在是一個非常卑鄙的結局，桃麗絲感到無比的憤怒，也明白了第一次在電影院裡最後讓她鬱鬱不歡的原因，正是來自於這種懲罰勇者、獎勵懦弱的刻意嘲弄。恐怖故事應該是肯定選擇闖蕩的人，憑他們的機智和勇敢逃出生天，或他們終於難逃一劫，以死相殉，導演卻絕不可以，桃麗絲心裡一再重複：「這絕不可以！」導演絕不可以擺出這種自作聰明的嘲弄姿態，一手抹殺了主角的所有英勇付出，令主角變成頑愚可笑的小丑！

就在桃麗絲看到這部電影接近尾聲，情緒正陷於極度激動和憤怒之際，門鈴聲響起。她知道，是愛德華來了。

愛德華盡量保持優雅的神情和舉止，儘管心裡其實非常惱怒。晚上九點他致電桃麗絲，說想跟她出外走走，而桃麗絲給他的答覆竟然是她雖然非常願意和他共渡這美好的週末晚上，但她必須先獨自看完這部他們一年多前已經一起看過的電影。為了不浪費愛德華的時間，而且她必須獨處以保持專注（她堅持不需要愛德華的陪伴），她希望在電影播放完畢後愛德華才去找她。

愛德華根本無處可去，於是，他就安靜的站在桃麗絲的門外兩個多小時，傾聽著桃麗絲為那些她早已看過的劇情不斷尖叫，和夾雜在中間沒完沒了的無聊廣告時間。

這是個月圓之夜，天上除了一個銀盤般大而皎白的月亮外，別無其他，而愛德華感到無比的寂寞，某種跌宕的思緒使他的心情輾轉下沉。自從去年遇見桃麗絲，他就被桃麗絲充滿冒險幻想、超乎現實的天真想像和全情投入所吸引，而他也輕易地憑自己的俊朗外表和優雅的舉止談吐，讓桃麗絲意亂情迷。只有在桃麗絲的陪伴之下，他才能暫時遺忘自己無時無刻在絞動的心痛，和對自己悲慘人生的強烈恨意。

然而熱戀不過數月，桃麗絲的柔情和溫順逐漸回復為任性，愛情的滿足感並不能代替她對於冒險和驚駭的渴求。一次又一次，桃麗絲選擇了她的冒險，例如只為了看完某一段精采的小說情節，聽罷某一個聲音淒厲的廣播節目，甚或必須重溫一部三流的電影，而拒絕了愛德華當下的熱情和溫柔。

愛德華站在門外已兩個多小時，他感到自己需要桃麗絲的熱切正在逐分鐘冷卻，而那月圓的寂寞更不斷向他施壓，燃起他心中的憤怒。「如果你不能完全掌控她，就毀掉她。」或者是：「如果你無法說服她，就完全征服她。」他腦裡閃過無數乖戾的想法，他懂得各種降服這種任性少女的手段，他盤算良久，終於下定主意，而聽到門後那套三流電影已播近尾聲，於是，他按響門鈴。

可憐的桃麗絲並不知道她這一回任性的選擇將帶來何等悲慘的後果，她更不知道愛德華一直站在她家門外，微妙複雜的心理變化和無懈可擊的惡毒詭計，她仍沉浸在對於這套三流電影的結局不滿之憤怒狀態，眼光無法從電視機前移離，手腳不情不願地走去將門打開。

唔，是的，故事發生在另一個故事結束之時，而真正的故事現在終於要開始了……

老闆娘的咖啡

故事發展到這裡，我緩緩地吸了一口氣，默默嘉許自己，總算又完成了一個段落。

然後我呷了一口咖啡，良久，又呷了一口咖啡，把今天的第五杯咖啡喝光，卻遲遲無法繼續寫下去。

這個故事從我的思考中醞釀，然後發酵，只有我能述說這個故事，毫無疑問，我是它唯一的上帝。我本可隨意玩弄桃麗絲和愛德華的命運，然而事情發展下去，卻開始變得複雜了，因為這涉及了我的個人利益。

例如，從最直接的角度去思考，當桃麗絲把門打開後，走進來的愛德華已經不再是本來那個溫柔俊朗的情人，而我最少可以有三種選擇：一、讓他變成一個玩弄感情、蹂躪肉體的浪子；二、一個陰險凶殘的變態殺手；或三、一隻來自數百年前長生不老的吸血鬼。

愛德華的身分確定，也同時涉及這個故事將發展成一部愛情小說、一部犯罪小說，還是一部奇幻小說。

愛情和犯罪是歷久不衰的流行主題，然而奇幻小說卻是目前最流行的一種文體，這可能是後金融海嘯時代的症候群，大家急於從艱困的生活中脫逃，而不期然忘情在虛妄的幻想世界裡。

現實愈令人寢食不安，小說就愈是好賣，要做成功作家同時賺點錢，就要做個流行小說家。

「先生，還要多一杯咖啡嗎？」

這時候，你又一次跳進我的世界，打亂了我原來的思維。

嚴格來說，我是一個在同一時間只能做好一件事情的人，只要稍稍分心，就會陷於凌亂。從思考與現實間跳出跳入，對於我這種直心眼的人來說是困難的，而這可能是源於遺傳：小時候，我的爺爺在家中吐納打坐，當時家中只有我們兩人，五歲的我愛玩鬧地在他身後猛然拍了一下，聽說他就此岔了氣，從那天起就直直的躺在床上不再與人說話，爸爸說這有點像練內功的走火入魔。

而我一直隱瞞不說這是我一手拍下去所造成的，卻深深相信某天報應會回到我的身上。從此我非常害怕被別人突然打擾，無論在任何地方，非不得已，我必定背靠牆而坐，任何事情只能發生在我的眼前，讓我隨時有所警惕。

「先生，還要多一杯咖啡嗎？」

我愕然抬頭，精神恍動在思考與現實之間，眼神應該相當茫然。

你微笑，顯然已經習慣了我這種傻呆的反應，又補充一句：「再半小時就關門了，你還要咖啡嗎？」

「好……好的……再一杯，謝謝。」

你微笑，轉身離去。

我凝視著你輕飄飄的背影，又一陣發呆。

事情其實再簡單不過。雖然立志要做成功作家，我的寫作生涯從來不曾順利過。狹小的家裡完全沒有想像空間給予我新鮮的靈感，而置身人群中，我因害怕報應所招致的謹慎不安，也無法讓自己定下心神來專注寫作。

直到六天前我在這小咖啡室碰到你，心中突然有了安頓下來的感覺，即使當時腦中毫無特別想法，我知道這是非常難得的絕佳寫作狀態。

於是我從某套記憶中的恐怖電影開始緩慢前進，細心找尋創作的轉機，而同時我每天準時早上七時半在這咖啡室出現，大概每天喝六杯咖啡，連同早、午、晚餐，和等待你這個忙碌的年輕老闆娘適時過來慷慨給予的微笑鼓勵。

親切的微笑，純淨如早晨，有陽光和樹葉的味道。

對於一個二十來歲的女孩子而言，笑容的魅力絕對大於美貌。笑容讓眼睛的線條輕微地顫動著不停改變，像金魚在水中愉快擺動著牠優美的尾巴。笑容讓整個臉部提昇了開朗的氣質和信心的光采，笑容同時釋放溫柔喜悅的聲音，帶動肢體輕快，笑容讓靈魂更友善地靠近對方，即使，只是輕輕一笑。

我就這樣一邊迷戀著你的笑，一邊緩進我的小說，從一部三流的恐怖電影的情節複述，到桃麗絲和愛德華的登場。

桃麗絲和愛德華的原型也是在這陝小的咖啡室發現的，當時一對年輕男女就坐在我的隔壁，那男孩子溫柔俊朗得讓我認為那長相平凡的女孩子完全無法匹配，然而男孩子甘願安靜而順從地守在女孩子旁邊，女孩子卻專注地玩弄著自己的手機個多小時，期間，二人幾乎毫無交談。直到女孩子把手機玩膩了，打了個呵欠，他們就結帳離去。女孩子如一位旁若無人的貴族公主，而男孩子亦步亦趨，像個誠惶誠恐的僕人。

故事已經寫了六天，約七千字，而我和你的關係毫無進展。連續六個晚上的九點半，我都是這咖啡室關門前最後一個結帳的客人，我會走到櫃台前和你對望，簡單說一句：「辛苦了。」或「今天生意不錯。」之類的廢話，而你會報我以一個略帶疲累卻感謝關心的微笑。那微笑恰到好處，讓我滿足地踏著輕快腳步離去，隔天準時回來，開展我的寫作。

「咖啡來了。」你再次闖進我的視野。

「謝謝。」我本能地應對。

「今天星期六，我們明天休息。」

這時，我才察覺到你表情中有點歉意。

「哦。」我一時間不懂回應。

「我們今天結帳和清洗，關門較晚，你可以晚一點。」

「謝謝。」我繼續本能地應付著。

或許你是覺得我心神恍惚，又或是反應冷淡，你保持著那略帶歉意的微笑，輕輕轉身離去。

唔，我的時間實在不多了，桃麗絲和愛德華的故事必須精采地發展下去。

或許，我可以跳過愛德華的身分，先考慮桃麗絲在發現愛德華的陰謀後，會有何反應。所有推理或懸疑小說，都是先有一個假設的結局，再往回鋪陳，極力遮掩線索，至於故事到中段後突然想到什麼新變化，到時再改動不遲。

設想桃麗絲的抉擇才是故事的關鍵吧：

桃麗絲開門讓愛德華進來，然後碎碎念著她對這部電影的結局如何不滿，直到愛德華忍無可忍，露出不懷好意的動機……或者是：

桃麗絲在開門的剎那，驀地與愛德華眼神相對，察覺到愛德華的不懷好意（桃麗絲其實早已察覺愛德華的身分祕密，只是貪圖刺激和愛德華在一起，等待愛德華的原形畢露，好發展真正屬於桃麗絲的真實冒險故事）。

然後桃麗絲開始不動聲息地與愛德華互相試探，運用桃麗絲在恐怖故事裡所學得的逃生技巧應付愛德華，這時候，她心裡升起了剛才那部恐怖電影的卑鄙結局所帶來的陰影：

她應該繼續偽裝，耐心防守，等待別人來救援？還是應該主動出擊，翻臉逃生，甚至直接向愛德華突襲，把他擊退或消滅？

然後是輪到我作出上帝的判決：讓機智勇敢的桃麗絲逃出生天，還是讓天真可憐的桃麗絲被摧毀在愛德華的魔掌之中？

以上將衍生二乘二乘二等於八種變化，配合愛德華的三個可能身分，我將可發展出截然不同的二十四個故事。到底哪一個才是這篇小說最精采的選擇？

我反覆推敲，這二十四個故事都可能落入俗套。但隨即安慰自己，如果陳套的故事能以新鮮的筆法寫成，同樣是一篇偉大的小說，例如這世界曾經出現過的所有愛情小說，都是五千年來全球人口不斷重複演出著的陳套感情故事。

已經是晚上十一點多，奇怪你一直沒有催促我，其實在沒有解決這些問題前，我無須急於動筆。於是，我收好我的筆記型電腦，走到櫃檯結帳。

你站在櫃檯後微笑著望我，看我一步一步走過去，神情像是一種沉默的邀約。這時我方發覺這個店裡只剩下我跟你兩個人，而你的笑容唯一只屬於我，我深深地著迷於這份唯一的幸福感，手腳無主地向你一步一步靠近。

我其實不是一個害羞的人，但我並不想採取主動，引起遽然的變化。我和你關係的突變，無論是好是壞，都可能使我無法維持目前絕佳的寫作狀態，這是我必須強調的，多年來我從未成功在一個地方安頓下來，靜心寫作兩天以上的，五歲時我對爺爺的一下令他走火入魔的拍打，成了二十三年來一個讓我寢食不安的詛咒。

一個男人如果在三十歲前無法寫出讓一個作家存活下去的作品，他就應該放棄以寫作為生這種頹靡而不切實際的造夢吧。

我心中拒絕的意志適時升起，讓我在靠近櫃台最後兩步時回復從容，我向你回報微笑：「對不起，今天好晚。」

你卻不急於把帳單結清：「你是作家嗎？」

我聳聳肩：「成功就是作家，不成功只是笑話。」

你笑彎腰了，顯然你很喜歡這類型的對白：「這句很好笑。」

我欣賞著你的笑容，不置可否。

你追問：「那你在寫什麼故事？」

「透露了就不賣了。」

「放心吧，我不會寫，不會偷了你的。」

「本來是一個恐怖故事，現在可能只是一篇愛情小說、一篇犯罪小說或一篇奇幻小說。」

你聳聳肩：「嘩，好複雜。」

你忽然讓我有了靈感：「或者，可以四合為一。」

你皺眉：「什麼意思？」皺眉的時候，還是帶著笑。

我掩不住興奮的心情：「它可以既是一篇恐怖小說，但同時兼備奇幻、愛情和犯罪。這種故事，必定吸引！」

你拍手：「噢，那一定很捧！」

我心頭一動，突然大叫：「不行！有一部叫《暮光之城》（*Twinght*）的就是這樣了。」我頹然，語帶嘲諷：「而且那隻吸血鬼正好也叫做愛德華。」

沉默，良久。

你聰明無比，再次展開話題：「沒關係啦，小說不都是大同小異，看誰的文筆好而已，如果你也寫一隻吸血鬼叫愛德華的話，把他的名字改成安德魯就好了。」

我實在感謝你的安慰，但已經意興闌珊，桃麗絲和愛德華的故事，忙了六天，可以報廢了。

「但我還是比較喜歡浪漫感人的愛情小說，尤其那種中間讓我哭起來，最後卻讓我可以感覺幸福地笑的那種。你會寫這種故事嗎？」

如果寫作計畫告吹了，我又何必拒絕你，尤其當你瞪大眼睛笑笑望著我的時候。

「我當然會寫。例如一個美女少年時歷劫滄桑，後來開了一間優雅的小咖啡館，每天在來往的人群中尋覓可以付託終生的另一半……」

「然後呢？」你托著頭，興味盎然的追問。

「結果咖啡館生意出乎意料之外的好，年輕漂亮的老闆娘日復一日的忙碌著，卻沒遇過半個心儀的人。寂寞在她心中開了花，卻沒有結果。直到某天……」

你突然打岔：「直到某天，一個有點神經兮兮的年輕人攜帶著一部小型筆電進來，每天從早到晚待在咖啡店的角落，彷彿很專注的不斷在書寫，但每當老闆娘轉身的時候，年輕人卻總是偷偷凝望著她的背影……」

如果不是燈光陰暗，必定可以看見我發燙的面頰瞬間變紅，而你繼續似笑非笑若有深意的望著我。我必須盡快運用急智為自己解圍。

「不合理。老闆娘轉過了身，怎麼知道年輕人在偷望她。」我找到漏洞。

「女人的直覺。」你急速補上。

「這樣太勉強了吧？」我努力討論劇情的合理性，以淡化我個人的窘迫。

你忽然指著我：「那你說，你是不是經常在偷望我？」

簡直是趕盡殺絕。我無路可走，只好還擊。

「那你呢？你是那個歷劫滄桑的美女老闆娘嗎？」

「我經歷過的事情，無法跟你說。」你笑容中帶點回憶與哀愁。

我看得心中不忍，卻知道這不是追問下去或拍拍她肩、撫摸她頭髮的時候。這話題還是盡早帶開吧。於是我指著自己的鼻子，扮出一個趣怪的表情：「那，你會喜歡那個年輕人嗎？」

你噗嗤笑了。

這是一個愉快的星期六晚上，一個夢想成為作家卻沒有什麼才華的倒楣年輕人，邂逅了一個可能歷劫滄桑、笑容卻充滿魅力的年輕老闆娘，他們互相試探又互相安慰，在一家已經關門的小咖啡店裡，不時傳出兩人的笑語聲。

桃麗絲和愛德華的故事已經結束了，我和你的故事卻只是剛剛開始。

KLM

想像的邊際

想像的邊際不是現實
那是一抹無知的未明
風吹切切
雨飛揚
細碎的馬蹄聲
停在茫然的角落

想像的邊際無非想像
你闖進不存在中探索未明
望空呼喊而無聲
對影低泣而無淚
悲從中來
不往他去

想像的邊際沒有想像
空空如夢中之夢被遺忘
隱約存在的一絲奢盼
終不免隨飛雪落入陽光
南國之春乍暖還寒
遠方的家人安否

陌生的占據

做了一個夢，千真萬確。

七個人的無聊餐聚，來自不同背景的我的朋友，卻不見得是我在請客。

七真是一個神奇的數字，例如聚會就經常莫名其妙會湊成七的人數，而只要人數湊成七，就總會有奇怪的事情發生。

長橢圓形的桌子一端是我，一個久未重逢的人，就坐在遠遠的正對面。

大家自然地參與各種話題，談笑吃喝，我與左右都相處得極好，沒有人發覺，我從來沒有與對面那個人目光相對，也不曾交談過。

彼此都積極參與話題，但我們都小心地不讓自己的談話在對方的句子前後出現。

例如：

那個人說：這實在是一件無聊的事情。

我會先等另一個人開口：對啊，真的很無聊。

然後我會說：無聊的事情往往也有一些意義。

第三個人或會說：從無聊衍生出來的任何事情，價值也必有限。

然後那個人才會冷笑：無聊的事情就是連聊的價值都沒有的事情，它還會有什麼意義？

交談流暢自然，沒有人發覺我們積極迴避著對方，卻偷偷進行攻防戰。

而夢就這樣斷斷續續進行著，不可解或空白之處，任由意識隨便補充。

後來我突然發現我們置身在一艘船中，船在港口航行。

我受不了心中的鬱悶，突然跳進水中，游了兩圈才爬回船上。

感覺不到水的溫度，卻知道自己全身濕漉漉。

最重要是在胸臆間翻騰的一股氣，我決定直接面對那個人。

「喂！」我一手抓著那個人的手臂。

那個人轉頭，與我目光相碰。

我瞿然驚醒。

明明是我記憶中的髮型、體態和說話腔調，我的意識清楚告訴我這就是那個人。

我閉目回想：那個人的樣貌模糊在腦海中出現，我還清楚記得那個人臉上的一些特徵。

然而在我們目光相碰的剎那，在我面前的卻是一張完全陌生的臉。

這張臉一點也不特別，既不漂亮，也不嚇人，只是完全陌生。

原來魂牽夢縈，既想迴避又想重逢相見的那個人的臉，已經在我的夢中被另一張完全陌生的臉代替了，是否意味著那個人早晚也會在我的記憶中完全消失掉？

那個曾經令我如此難以忘懷的人，居然已經退出我的夢境！

我一輩子可能再無法夢見那個人了。

至今，我已經生活了好幾天，那張驚鴻一瞥的陌生臉孔彷彿又被我添加了許多細節。

我居然牢牢記住了一張陌生人的臉。

而這張完全陌生的臉，除了一個夢之外，終究無法和那個人建立任何連結，它只是進一步又進一步地，每天多添一些恐懼和遺憾地，消滅我對那個人種種思念中的印象，消滅那個人曾在我心中留下的每一個表情。

好恐怖啊！

你能否明白，這是一件多麼恐怖的事！

死貓

床上躺著一隻僵直的貓，顯然已經死了。

沒有血腥，也不發臭，但肌膚失去光澤，線條也不再溫柔。

我並不驚訝或恐慌，只是禁不住緊鎖眉頭，說不出的厭惡。

世間的所有生物，壽命都有限，即使貓有九命，也難逃一死。

我的同情心並不氾濫，此貓搞不好只是壽終正寢。

問題是：好死不死，為什麼要死在我的床上？

這裡三十八樓，門窗緊閉，一隻快死的貓自己絕對絕對爬不進來。

答案明顯不過。

我感到憤怒：是誰如此斗膽，要向我宣示這種低俗的恐怖？

六呎長的大床，寬度也是六呎，那個王八蛋，把死貓放在床左邊的中間位置，以為就可以順利干擾我的生活！

休想！

我毫不猶疑用一張大被把屍體蓋上，然後睡到床的右邊。

只要不發臭，我才不在乎與死貓同眠。
有本事，再想個好的點子來搞我！
死貓嗎？隨便！
死貓弄不死我！

在的她旁邊

他手中刀彷彿隨意一揮，半空中，自虛無濺出鮮血，他知道：又傷了一隻隱形怪物。

血色鮮豔，該如何去形容它呢？就是一種比平凡人的血更鮮豔的紅，那種活生生、熟悉而又陌生的觀感，令你不敢舔一下嘗嘗它的味道，甚至不願意用肌膚觸碰一下。

所以，你只能很概括地總結：這是另一種血，來自另一種生命體。

鬼是沒有血的。如果你能在鬼的身上斬出血，你手上的就可能是神兵或聖器。而他只是在切水果時心中一動，右面半邊身體忽然麻木，心中打了個僵硬的寒顫，於是強提精神，運力向半空一揮。他的手中刀，只是一把平凡不過的水果刀而已。

所以這隱形生物到底是何方神聖？他鼓起餘勇向半空繼續揮刀，從右至左，一迴旋再從左至右，從上而下，再反手從下向上，斬劈刺削，而再沒有感受到任何阻力。那隱形怪物似乎憑空消失了。

他重新檢視自己的身體和心靈，那麻木或顫慄的感覺已然消失，他忽然想起可以在那些鮮豔的血中提取樣本去化驗，但他環視四周，除了那個已經鏽蝕的梨子略帶點紅外，周圍都是蒼白一片。他檢視刀鋒，上面也無任何紅色痕跡。

瞿然，夢醒。

這已經是一星期內的第四次，做著同樣的夢。

他身邊女人的嘴唇鮮豔欲滴，森寒的赤色，依舊凜然不可侵犯。

他深愛的女人。已經死去的女人。

第七天了，他仍無法鼓起勇氣親下去，只好僵持著，繼續躺在她身邊。

他的喉嚨乾涸，好想，好想吃一個鮮甜的梨子。

星期日的醒夢時分

圍爐

有一個人，他什麼都沒說，他只是想太多而已；有一個人，他說了很多，也只是想太多而已。問題是：他可以不想嗎……

如果你要寫一篇小說，
結局的確很重要；
如果你要寫一首詩，
最後一句並不算是什麼。

「有些句子不完整，也始終沒有句號，很奇怪，這個年頭很多事情已沒有法則，我也逐漸懶得去想了……，晚安，我好喜歡你，感覺是如此實在，對我來說，已經足夠了。」

這是一群害怕孤單的人，靠在一起取暖的地方，這裡好溫暖，喜歡的溫度……

老闆娘醒來的時候

黃昏，星期天的黃昏。

方蘊醒來的時候，年輕人已經走了。

方蘊走到鏡子前，檢視了一下自己凌亂的頭髮和衣服，殘留在上面是一股濃重的菸酒味道。

昨夜猶如一場夢，她好久沒有經歷過如斯愉快的晚上。年輕人讓她出乎意外。她本以為對方只是一個靦腆害羞的大男孩，然而就在他恍然於自己的創新只是他人的舊作之後，這大男孩突然如釋重負地脫胎換骨，變成一個溫柔體貼且充滿幽默感的紳士。

或許，他根本不當夢想成為作家。

他們終究什麼事情都沒有發生。他們甚至不曾親吻，連手指頭也沒有觸碰過對方的身體一下。嗯，有的，喝罷第三瓶紅酒的時候，方蘊搖晃著站起來，要去拿第四瓶，剎那間失去了平衡，這時，年輕人敏捷地扶住了她的手臂。她瞿然回復了幾分清醒，輕輕掙開了年輕人的掌握，說聲謝謝，就衝到裡面去了。

年輕人應該察覺到這是一個相當明顯的拒絕訊號：方蘊並沒準備好跟他有任何進一步的身體接觸。當方蘊回來，其後的相處依然充滿愉悅，而年輕人也謹慎地沒有試圖再觸碰她的身體。

方蘊忘記了自己說過什麼話，她已經很久沒有喝醉過了，她只記得自己一直在笑。這個活潑的年輕人想像力匪夷所思，故事充滿荒謬的趣味，讓她從緊綳多時的壓力中釋放過來。偶然他卻會冒出兩句令人深思的說話，直接擊中她的心坎，彷彿一個飽歷滄桑的中年男人，體會過比方蘊更深刻的寂寞和創痛。好幾次方蘊的感情堤防幾乎要崩潰，隱藏在心深處的脆弱幾乎一發不可收拾地要洶湧而出，她只想依靠在年輕人的懷裡，安全而溫暖地睡一場好夢，然而理智終究還是戰勝了衝動，她只把所有瘋狂的想法埋藏在笑聲和酒杯裡。最後，方蘊已無力再多喝一口，她歪歪斜斜地站起，很想親吻他一下卻忍住了，只輕輕的說：「我沒辦法再喝了，我要到樓上去睡覺，你喜歡待多久就待多久……」

廚房的旁邊有一道隱蔽的門，門後是一條狹窄的階梯通上閣樓，她的房間就在上面。方蘊上去的時候並沒有把門鎖上，也不知道是出於對這個初識的年輕人的信任，還是暗地裡期望年輕人只要再勇敢一點，她就會完全的接受他。

什麼事情都沒有發生，方蘊安靜地睡到自然醒來。當方蘊下樓巡視店舖，年輕人早已離開了，甚至已幫她把狼藉的餐桌收拾好，把桌面揩擦乾淨，閘門穩穩的反鎖上。年輕人連名字都沒有留下，他是準備星期一來時再重新介紹自己，還是從此在她的世界裡消失不見？方蘊有點害怕，只有沒打算繼續交往的人才不打算留下名字，而在她的心中，清楚地渴望年輕人會繼續在她的生命中擔當一個角色，雖然，她並不清楚這角色將會有多重要。

街外的燈光從店面的隙縫中穿進，折射在玻璃架上，一條條奇異的光線。方蘊在她跟年輕人共飲一夜的桌子旁坐下，點起蠟燭，凝視著乾淨桌面上搖曳不定的燭影。一切是如此陌生而遙遠，她幾乎無法記起昨夜任何一句重要對白，她對那年輕人仍然毫無認識，而跟他相處卻是如此愉悅。燭影肆意在桌面上舞動，空蕩的店舖彷彿一塵不染，年輕人像從來沒有來過，從來，就只有她一個人活在這裡。

方蘊幽幽的哭了。

年輕人醒來的時候

當悲哀到了極端的時候，絕大部分的人都情願把自己弄成神智不清，好讓他們能脫離現實的痛楚，唯有極少數的個體，我想，還維持一種消極的清醒，嘗試回溯所有大小的情節，陷身在無盡的苦困中，期待終於能解脫出來——我顯然就是其中的一個，而這保持清醒和記憶條理的過程是痛苦的，的確是，非常痛苦。

或許減輕痛苦最有效的方式就是做夢。每逢星期六晚上，我必定讓自己大醉一場，然後我會沉沉的睡死，進入奇幻的夢境，脫離這個討厭而荒謬的世界。

近來我做夢的時間愈來愈長，而且是連續性的怪夢，夢中的情節彷彿接續前一天的夢境推進，雖然視點跳躍不定，有時候在這個人身上，有時候又跳到另一個人的旁邊，卻顯然相互關連。感受是如此真實，使我不禁懷疑：哪一邊才是我真實的人生？在現實的這邊我早已一無是處，不值一談；而在夢的那邊，今次，我卻飾演一個天真浪漫的年輕作家。

我轉頭看看窗外，已是黃昏入夜的時候，天際從黯黃逐漸染灰，最後化作近乎漆黑的深藍。我一直相信夜空不是黑色的，那是一種極深極深的幽藍，如海的反面，另一個光怪陸離的世界。或許某夜天地顛倒，夜空墜下化成海水，海水昇華變成藍空，我們和另一個世界的人類調換角色，各自重新展開另一頁的人生。

昨夜在夢中，我跟一個美麗的咖啡店老闆娘大醉了一場，這已是我連續第六夜夢見她。我每天就坐在她的咖啡店最角落的位置，編寫著無聊的故事，故事內容離不開一些我曾經看過的電影和小說。我在夢中思考如常，以一個浪漫卻稍欠自信的年輕作家的思考方式——年輕時，我的確是一個浪漫卻欠自信的傢伙，夢想成為導演或作家。我們相談甚歡，然後倏忽出現變化，從老闆娘和我喝光第三瓶紅酒開始，我驀然記起了我在真實世界中另有身分，此刻不過置身在一場荒謬的夢境中而已。

夢境和現實的雙重灌醉使我睡到隔天傍晚。醒來仍記憶猶新，夢中我的頭腦條理分明，而老闆娘灑脫的笑容最使我印象深刻，她的眼神彷彿時刻隱藏深意，形成一股神祕的魅力，她的眉宇間卻透露著淡淡的風霜，一段掩藏不住的憂傷的過去。

第四瓶紅酒

我清楚記得當晚的每一句對話。

開始時我們只是漫無目的地閒聊，說一些不著邊際的玩笑話，藉此拉近彼此的距離。你絕口不談自己的過去，而我則不知從何說起。我提及了對一些小說的看法，也談到年幼時害爺爺中風的經歷。我分析自己從小怯弱的個性，疑神疑鬼害怕別人在我的後面出現，猛拍我的背心。我們隨便找了中間的一張小圓桌坐下，你從廚房拿出一瓶紅酒，甚至還有幾根雪茄。我們很快就喝光第三瓶紅酒，你一直在笑，與其說我的談話有什麼特別惹笑之處，不如說是你應該很久沒有如此輕鬆地放開自己了。這時，沒有任何靈光或閃電，我驀地察覺在這個年輕人的軀殼裡活著的是另一個真實的我，已經三十七歲，在另一個世界行屍走肉不知多少年了。

我隨即想到一堆重要問題：如果真實的我是如此的話，目前我處在一個什麼世界？是在夢裡嗎？還是進入了另一個異度空間？我是以自己的靈魂占用了別人的軀殼，還是我真實地擁有另一個人類的身分？是短暫性的嗎？還是永久性？有什麼特定的條件可以讓我維持目前的狀況？是咒語嗎？還是密碼？我會不會意外地做出某件事情，就會失去眼前這美好的一切？

我的臉色必定陰晴不定，最低限度，我應有幾分鐘完全沒有講話，也沒有把你的說話聽進耳裡。你突然伸出右掌，在我鼻前一寸的地方用力的晃動，逼使我回過神來。這時我發現你已有六、七分醉意，美麗的臉頰滿是紅暈，眼神是一種迷濛的吸引力。

你對我笑笑：「怎麼啦？幹嘛發呆？」
我也笑笑：「沒事，我在想：酒喝光了怎麼辦？」
你眼神充滿挑戰：「我不覺得你還能喝啊。」
我搖搖頭，俯身燃起一根新的雪茄：「我兩年多以來，從沒有像今天一樣清醒過。」
你在我眼前晃動一根食指：「幾根手指？你說。」
這可以有很多種回答方式，既然你喜歡挑戰的話，我也可以選擇挑戰的方式回答：「這不公平，明明連一根都沒有。」
聰明的你馬上知道我意有所指：「為什麼？」
我徐徐吐出菸圈：「你明明有十根手指，我們也喝光三瓶紅酒了，關於你的一切，我連半根手指那麼多都不知道。」
你大笑：「就是不告訴你。」然後你舉杯遮蓋住眼睛，想要乾杯，卻忘了酒早已乾盡。
你拿下杯子看了看，有點尷尬，我不想破壞氣氛，於是在你和我的空杯裡各倒了一些白開水，然後舉杯與你相碰，一種清脆悅耳的玻璃碰擊聲。
「我最喜歡聽碰杯的聲音。」我說。
你笑笑，仍然若有所思。如果無法拉開話題，就繼續正面挑戰吧。

「每個人都有很多不想告訴別人的事，不過你的祕密特別多而已，也沒什麼大不了啦。」我故意用輕鬆的口吻說。

你揚一揚眉，有點按捺不住：「好吧，你告訴我你叫什麼名字，我什麼都告訴你。」

微暗的燈光下，我察覺到你的眼睛水汪汪且布滿紅絲，畢竟，你只是一個二十五、六歲的女孩子，無論經歷過多少滄桑，心中還是有很脆弱的一面，如果你講得太多，會不會哭成淚人了？

我決定故作滑稽，裝成一副熱血模樣：「有一天我成為暢銷作家，我必定跑來告訴你我的名字，我保證，你不會等太久的。」我保證，這一天絕不會發生。

你安靜的看著我，神情變得溫柔：「謝謝你。」

我有點愕然：「謝我什麼？」

「謝謝你的體貼，不勉強我說下去，雖然，我明明已經中了你的激將法。」

我聳聳肩，不置可否。不是嗎？每個人都有很多難言之隱。

你突然站起，把臉哄過來：「我告訴你一個祕密：我還有一支八二年的珍藏。」

我注意到的，是你嘴唇上有一層淡淡的柔光。

你搖搖晃晃地走出兩步，絆到旁邊的椅子，我敏捷地站起，兩手扶著你的手臂。

感覺到你身體輕微的顫動，你輕輕把我推開，聲音幾乎低不可聞：「謝謝，我可以。」然後急步走進裡面去了。

這是拒絕的訊號，我知道。

你不準備跟我有更親密的交往。

「怎麼啦？你懂得這是很名貴的酒嗎？」你回來時清醒了許多，髮鬢有水珠，應該洗了一把臉。

「不要把我當沒見過世面的小孩。」我笑。「八二年波爾多五大酒莊的紅酒，現價在二千美元以上。老實說，我有點受寵若驚。」

「講話愈來愈老氣。」你不經意的說，專注地把紅酒倒進醒酒瓶裡，再從醒酒瓶中把酒倒進新的水晶玻璃杯，技巧和姿態媲美法國名餐廳的專業侍酒師。

你當然不會知道眼前這個看來和你年紀差不多的年輕人，暗地裡驀然增長了十年以上的人生歷練。

我們各自搖晃著酒杯，不發一語，直至呷下這第四瓶的第一口紅酒。

果然是好酒。

你低著頭，彷彿自言自語：「我有一個我要等待的人，我相信有一天他終會在我眼前出現。」

我無言。

你抬頭問我：「你懂得我的意思嗎？」

我只好苦笑：「我懂。我不是你要等待的人，對嗎？」

「應該不是吧。我不知道。」你的眼神飄向旁邊，「我不知道」四字顯然只是安慰。

為什麼我的夢還沒有醒來？我情願回去好了。

你緩緩站起，走向店裡，那邊有一道隱蔽的門。你把門推開，輕輕的說：「我沒辦法再喝了，我要到樓上去睡覺，你喜歡待多久就待多久……」

暗影中，我看不見你的表情。

門慢慢掩上，留下一條縫隙，透現微光。我聽見你緩步上樓的腳步，推開上層的門，門打開又關上，沒有上鎖的聲音。

你是一個曾經有所經歷，很懂得保護自己的女孩子，不應該犯這種疏忽的錯誤。

這或許是成年人的一種暗示，如果我不顧一切的衝上去，你可能會半推半就地接受我。但結合先前的對話，那意思可能是說：即使我們今夜會發生什麼，都是一閃而逝。

你有一個你真正在等待的人嗎？

我輕輕走近門邊，輕輕把門關上。

我開始討厭這浪漫的一夜。如果這是夢，請盡快讓我醒來。如果這不是夢，我莫名其妙地身體年輕了十歲，重活在這個可愛的迷離世界，我可以不顧一切地向你展開追求，無論你心中在等待的是何方神聖。

但我清楚記得先前五個晚上我最終都醒來了，回歸絕望。這一夜雖然比較漫長，我還是沒有把握。

我拿起醒酒瓶，把這剩下來的八二年珍藏像喝開水一樣喝光，然後安靜地將桌面清理乾淨，把杯子放回廚房。

走近門邊的櫃台，我拿起一張你的名片：「晴天咖啡 方蘊」。方蘊，這個名字，我會牢牢的記住。

我輕輕打開閘門，輕輕把它反鎖上。

外面都是霧，什麼都沒有，周圍是一片白茫茫。

頭殼突然一陣劇烈的痛，眼前都是你的畫面：迷人的眼神，爽朗的笑聲，若有所思的眉梢，髮鬢上閃亮的水珠，嘴唇上的柔光……，然後全部裂開成碎片，腦袋一片空白。

@@：本想仿效《一千零一夜》不斷寫下去，連續寫了三個星期六後忽然不想寫了。

消逝

像月亮。像星辰。像風。
像階梯上的影子。像寒冬。
像油畫。橡皮擦前面的線條。
像紙。未完成的音符。
像夜。在窗外劃過的聲音。
像秋初的蟬。像黎明的燈。

像夕陽。像浪潮。像沙。
像墜落的灰塵。
像花。像剝開片片的洋蔥。
像零落的葉舞。像枯木。
像老樹上的雛鳥。像垂死的螳螂。
像螞蟻遠行。像樹木燒成煤炭。
像餘燼。像草原。像露珠。

像逆水的岩石。像激流。
像瀑布。像野馬奔騰。
像迷失的暴風。滯留的濃霧。
像灰色的雲。藍色的天。紫紅色的海。
像微笑。像哭泣。像淚。
像蝴蝶飛過。像初春融雪。
像黃土。像新芽。像一根地上的斷髮。

像火車的軌跡。哨子。在彎路煞車。
像摔碎玻璃。像滑落的被。像記憶。
像空置的鞋。關門前的隙縫。
像已經離去。像從未靠近。像夢。
像黑白。像顏色。像破曉。
像裂開的指甲。像緩慢的鐘擺。
像街道。像雨。像路過的人。

你且徐徐消逝，
但請不要——
離開我的視線。

元宵節交通意外

已經有好幾年沒這樣寒冷過，整個春假前後，都下著冷雨，潮濕的低溫，大家都不想出門。

正月十五元宵節，已回復上班一星期，假後加上天氣的雙重抑鬱下，總是提不起勁。凌晨二時，一個人在床上輾轉反側，睜眼，卻發現一輪皎白的明月在天空亮麗的掛著。

如果要心情變好，一定要出外走走。

夜色淒迷，街深人靜，深巷中隱約貓聲狗吠，幽深的感覺。月亮是最不刺眼的光，凝視著圓月會被吸引得目不轉睛，一種不能自控的茫然，差點懷疑自己，會否變成一隻在月下哀嗥的孤獨人狼。

隨便攔下一台計程車，向市中心進發，沉默的司機，在月下卻彷彿懷著同樣亢奮的心情，車愈駛愈快。我們在寬闊的大馬路上奔馳，如飛般攀上天橋，衝下時感到車輪有點離地。

三條線的大馬路，就在橋下不遠處，這時，一個醉漢急奔橫過，身形臃腫，步履踉蹌，卻有種目空一切的野蠻感覺。他已成功跨過兩條線，從容向人行道邁進，我們這輛卑微的小車，只須稍稍減慢速度，向左換線，就可輕易的各走各路。

司機並沒有減慢速度，只筆直向前，也好，車沿的逆流將擦過那王八蛋的屁股，讓他清醒一點。

踏油門加速，車身憤怒的震動，方向盤卻猛然向右——

一聲沉雷般的悶響，我們竟然撞倒了那團灰黑色的肉體，然後在大路上急轉了三、四圈才停下來……

玻璃碎裂，我的左臂完全失去了痛覺，額頭黏膩膩的，隨手一抹，陰影中黯淡的鮮血。

醉漢橫躺在五十公尺外的血泊中，司機以遲緩的動作推開車門，走到傷者身旁蹲下，傷者已無反應。

我嘗試報警求救，電話的另一邊卻完全死寂，是手機撞壞了？還是無人接聽？時空彷彿停頓，只剩下我們三個人，或站或蹲或躺。

慌亂中，我的心情激動，猛力搖動司機的肩頭，大聲質問：「你明明可以避開的，為什麼？為什麼會這樣？」

司機不動，良久，喃喃如自語：「誰叫他當我不存在，那一刻，愈看他愈討厭，就很想撞過去……，結果，就撞過去了……，控制不住自己……」

他抬頭望向我，呆滯的面容卻掛著一種陰森的笑：「真的很討厭……，如果是你，也會撞過去的……，不是嗎？」

像被電殛穿過腦袋，月光下，我想過，又像沒想過，終於，緩緩的點頭。

手機

我有兩部手機，整晚，都沒有響過。

我想起兩個女人，一個拋棄了我，一個被我拋棄了。

那個拋棄了我的女人，外表堅強，內裡脆弱。曾經，我看著她傷痛的眼神，日漸無情。

而那個被我拋棄了的可憐女人，單純而認真。今後一輩子，假如我們再遇上，我也只敢背向著她，急步離開。

兩段愛情，開始在不同的時間，卻幾乎同時結束。

我被這個女人拋棄，應該是理所當然，而我拋棄了那個女人，卻有點莫名其妙。

是因為愛我的不再愛我了，我才愛上第二個；還是因為我愛上了第二個，第一個才不再愛我？

是因為我被拋棄了，就馬上拋棄另一個來懲罰我自己；還是因為，我害怕連續被兩個女人拋棄，於是先下手為強？

搞不清楚，到底誰是誰的犧牲品。
兩個完全不同，卻隱約相似的女人。
兩個女人，應該都恨我。
終於，我在手機通訊錄上，刪除了她們的電話號碼。

@@：多年前寫過一首詩，只有兩句：

〈病了〉

我有兩部手機，整晚
都沒有響過

撿拾紙皮的老婦

傍晚時分，剛下過雨，地面有些濕滑。她竭力推動一架木頭車攀上斜坡，被一粒石子卡住車輪而翻倒，箱皮紙撒滿地。她輕輕搥打著傴僂的腰背，就賴在路的中央蹲坐著，大概期望心急的行人不能通過時就會扶她一把。

這時我正好邁步經過，幾乎被她絆倒，她居然拉著我的衣袖不讓我離開，要求我賠罪，還要償她一包菸、一口火。湊近火光，我猛然認出這熟悉而陌生的臉孔，二十三年前她可不是拾荒婦。

那夜她的皮膚在街燈下閃耀珍珠的亮光，玫瑰花的香氣挑動我頻頻打噴嚏，她用挑戰和嘲弄的目光向我遞來一根菸，我扮作一個忙於抹拭鼻涕的無知小兒輕巧避開了。

那年我才十一歲，她大概不到四十，她恣意的笑聲如捉弄了一隻初生的猴子。在我學懂抽菸的頭兩年，曾不斷想起她的音容笑貌、玫瑰花香，和那在銀白燈光下帶點邪惡的媚態。

灰黑的衣服散發一陣霉壞的鹹魚味道，木頭車上的箱皮紙還不值十五塊錢。

究竟那個妖媚的豔女如何會演變成這個可憐的老婦？一點好奇心和報復念頭驅使我決定要收買她的過去。我掏出張一百元的鈔票請她憶述往事，老婦用蒙塵的目光審視我認真的表情，然後謹慎地把鈔票放入第三層內衣的小口袋，慢條斯理地下達命令：「箱皮紙乾淨的就撿起來，手推車先幫我弄上去。」而我，竟然乖乖的奉命而為。

在斜坡頂上她滿足地抽著我的菸包，遲遲沒有說話，最後弄了弄衫角就推著木頭車走了。「某年某月某一天，一個呆小子踢倒一堆爛紙皮，以為在裡面會發現一篇新故事……」她邊說邊走遠，恣意的笑聲如再次捉弄了一隻初生的猴子。

@@：某天大雨後的傍晚，在蘭桂坊看見斜坡上一個老婦在用力推車。

握手

他有一雙與眾不同的大手，手掌與指長比例適中，皮膚光滑細緻，指甲整齊油亮，肌肉厚實而溫暖。他喜歡與人握手，他的握手乾燥有力，展示積極和善意。

即使初次見面，很少人不為他的精采風度所傾倒，更難忘與他的握手經驗：一種難以言喻的被包容的溫暖幸福感。其後交往，無論成友、成敵、成陌路，他握手的態度從不改變，表示當初的善意矢志不渝。連他商場上的敵人都說：「只要跟他握過一次手，就幾乎不想再與他為敵了。」

在愛情路上，他的掌心始終溫熱而柔軟，只要他一直用力的握緊她的手，她就會沉醉在悠然安全的舒適感中，而無法察覺他已經逐漸變心。

他的握手，為他贏得了最多的好朋友，也讓他享受過無數次的美妙愛情。

他平生最重要的一次握手，是四十五歲參與一次涉及千億美元的競標案，作為集團指派負責人兼股東之一，他賭盡了自己的身家和名譽，帶領團隊窮精竭力，終於闖入最後階段。在最後的一次委託書擬定合約確認會議上，他與招標方董事長首次正面交鋒；會前握手，或許因為連日勞累，或許因為心情過度興奮，他手心冰冷冒汗，肌肉僵硬而無力。

這可能是他人生最糟糕的一次握手，而生意居然戲劇性地最後拉倒沒有談成，聞說那位董事長很重視第一次與人接觸的印象，這本來也是當初他被選為此次任務的集團負責人的原因，但這次失敗究竟與握手有多大關係，不得而知。

當然也無人把失敗歸結於一場握手，因為雙方都不會把一宗千億美元的生意成敗歸結於這種沒有理據的小事情上。

但他最後賠了事業和名譽。

他從此不再跟人握手。

他的手心一直濕冷，不再溫暖。

即使在炎夏攝氏四十度的高溫，他也情願帶著純白的絲質或綿質手套。

別人在背後叫他「魔術師」，而他的指節僵硬。

後來又多了一個別號叫「僵屍」，因為他的神情如同他的雙手陰沉僵硬，彷彿隱藏了什麼不可告人的祕密。

他的運氣一落千丈，在五十八歲時窮困得一無所有，也早已妻離子散。

五十九歲，因雙手長期在舊手套內滋生細菌病毒，十指潰爛見骨，最後高燒暈倒街頭，被警察送院急救。

兩手切除，保回一命。

大難不死，躺床數十天後，他瞿然頓悟，紅光滿面，笑臉如佛。

投靠在香火鼎盛的寺廟，善心男女見他年老殘廢，會施捨他飯菜，甚至親自幫他餵食。寺廟主持也不驅趕，讓他留宿。

失去兩手的臂端，禿禿如光頭，他也不遮掩，最後甚至把頭髮也刮光了，穿一襲僧袍，神清氣爽。

善男女入寺廟參拜，他站在門旁鞠躬相迎，笑容可親。善男女心存憂患，他坐在樹下講故事開解他們。

他沒有出家，雲遊於各寺廟，多年後，「三禿大師」之名遠播，也有人稱他為「鞠躬和尚」，無論身在何處，只要消息傳開，就有大班人不遠千里而來，求他指點迷津。

甚至有人把他當做活神仙要供奉伺候或拜師，他必鞠躬婉拒。

年九十八，睡眠中含笑而逝。

生前他的口頭禪，刻成他的墓誌銘：「我的心裡沒有魔鬼，魔鬼都在雙手裡……」

隨流

之一

無星，無月
微風徜徉
有浪聲跟隨
我睡在一道門上
橫渡海洋
門打開
我輕輕沉進海底
自冰涼無岸

之二

無法倚存的一種孤獨
任記憶化作小船

越過河流，投進大海

沉迷，如此浩瀚汪洋
如此曼妙的波浪
如此如此
無法靠岸

神祕關係

夜空中一隻驕傲的獨角獸在喘息，牠踢起的星塵墮入凡間，天涯的角落，沉默孤寂的曠野。

草原上一隻可憐的小馬在低頭狂奔，大地急速後退，牠慌亂而拙於思考的靈魂，逃竄在無法藏匿的空間。

你緊盯自己的腳趾尖，疾步經過，在擦身的剎那，我正好仰望著天空。

某種現實與妄想的神祕關係。

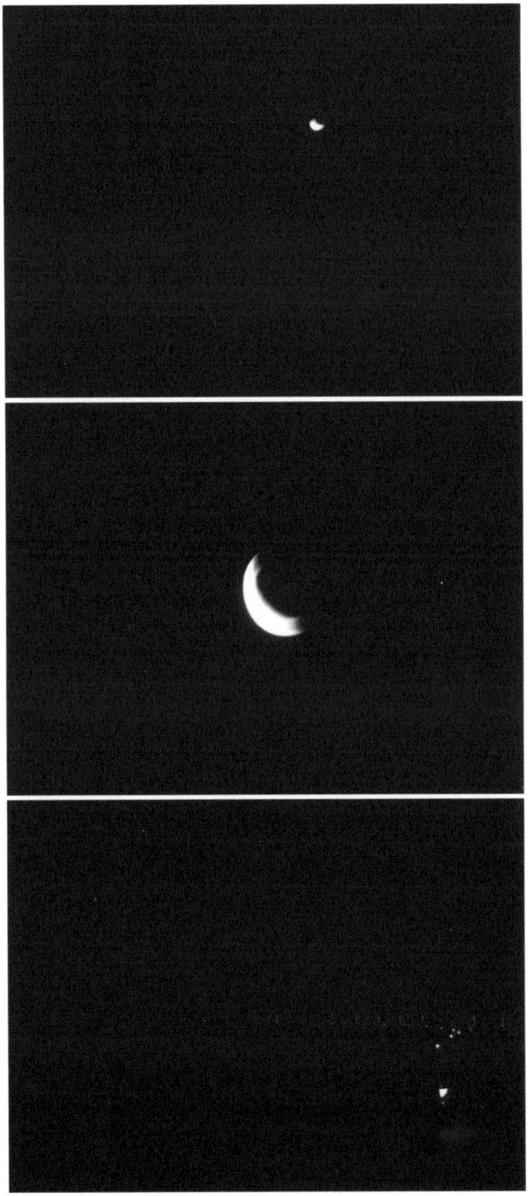

天生賭徒

這顯然是一個陷阱，跌下去的剎那他心想。然後就聽見一聲清脆的骨折，左腳……不，是右腳踝。

高而深的窄洞本應困住野獸，如今一個可憐人跌坐在洞裡，悄無人，世間彷彿只剩他一個。他仰望著洞外的天空，坐井觀天嗎？繁星滿目，浪漫的天空，好一張嘲笑的臉。

他用了好幾種方法都差一點就是爬不出去，如果腳沒有受傷的話……，哼，廢話。

夜更深，眼皮愈來愈重，他終於睡著了。

*****

台灣桃園機場。

她買了一張去澳門的機票。那並不是她想去的地方，但已是她能夠負擔的最便宜的機票。

「去賭兩把……，贏了就夠錢去美國……，如果輸光了，做妓女也不回來！」

她討厭這裡，想盡快離開，愈遠愈好。

她本來並不是一個賭徒，但她無法忘記臨走前他的一句話：「我是天生的賭徒，你不是，所以我們無法在一起。」

賭有何難？老娘賭給你看！

*****

夜更深，濃霧掩蓋了星光，他彷彿夢見了誰。

他想起，那個一直和他糾纏不清的女人。

他熱愛冒險，三不五時就會找個地方亂闖，直到傷痕累累，完成了他自我設定的任務，才心滿意足的歸來。她從不會跟去，總是乖乖的在家裡等。

她無法了解他的抱負，無法認同他的行為，但是她很清楚她要他，所以她一直在等。

如果你決定要一個人，就願意一直容忍。

「我是天生的賭徒，你不是。」他不想繼續虧欠她，他提出了分手，居然說走就走。

＊＊＊＊＊

距離登機尚有一個小時，她有點焦慮不安的在吸菸室抽菸。

她從未一個人出門，也從未賭過。

「有什麼了不起，我一樣可以說走就走！」她不斷向自己丟狠話，以免自己退縮後悔。

眼睛注視著地板發呆，一對褲管在視線範圍內經過，輕輕飄下一張白色的登機證。

猛抬頭，已不見人影，她拾起登機證細看：「美國舊金山！」

那是她夢寐以求的地方。

＊＊＊＊＊

墜落之時心中一片慌亂，右腳踝骨折處很痛，受困在深坑中更是束手無策。

「這不是我一直追求的絕境嗎？」

不是的，他並不如自己心中想像般英雄。

*****

坐在機艙裡，她心頭一陣亂跳：「這是多麼愚蠢的事，只要對方向航空公司報失，不但會被趕出來，更可能被視為小偷……

「但到時我也可以說只是拿錯了，我原以為這班機是去澳門的，天知道，我從來沒坐過飛機，電腦都有紀錄……，然後，臭罵那臉上鋪滿濃妝還以為自己很漂亮的醜空姐一頓，從從容容地走出去……」

想著想著，她忍不住偷笑，這時，她最討厭的那個醜空姐走到她跟前，她愕然抬頭，心裡突突亂跳……

*****

他忽然想起家。

那個天真的女人，就是直直的不會騙人，如果稍微裝模作樣一點，可能他會比較在乎。

一切都在掌握之中，實在沒趣。

「女人不是都應該捉摸不定的嗎？男人是天生的獵人，太容易得到的有什麼趣味。」——為了這句朋友間的口頭禪，他是不是放棄了一些不該放棄的？

＊＊＊＊＊

「小姐，飛機要升空了，請繫好安全帶。」空姐禮貌地要求。

她暗暗鬆了口氣，卻不忘板起臉孔，悶哼一聲。

空姐離開，她喃喃自語：「他說的沒錯，討厭的人就是怎樣看都很討厭……」

飛機順利起航，她心想：「那人為什麼沒有報失？或許，忽然有什麼急事，回家去了……」

＊＊＊＊＊

是哪個小說家的名言：獵人總有變成獵物之時。

如今，他完全體現了這句名言的真實性。

他挪移著身體，尋找一個最舒適長久的位置，好讓他可以耐心等候。

他並不擔心沒人來救，他熟悉他的拍檔們，他知道他們總有到來的時候。

但心中難免焦慮：「為什麼這麼久？」

然後，他又想起那個剛被她拋棄的女人：「每天她在家裡等我的時候，就是這種感受嗎？」

他忽然好想念她，決定脫險後盡快回去把她追回來。

*****

一個美麗的長髮女郎急步離開抽菸室，她決定要趕赴一個地方。

出門時她的登機證掉在地上，但這不能阻慢她的腳步。

眼角彷彿瞥見一個女人把登機證拾起來了，但她並不在乎。

「那不是我要去的地方。」

「男人能在外面混多久？最後認輸的人一定是你。」

她的腳步急速卻輕快。

她決定趕回家，再等他一次。

「我才是天生的賭徒，你不是。」

她輕輕一笑，充滿信心。

（完）

@@：那天我坐在機場候機室百無聊賴之時，一個女子在面前經過，掉下了她的登機證……

略過冬天的愛情

簡單說，我們分手了兩次，最近又復合了。

第一次分手，我們低估了對方濃厚的愛意。

第二次分手，我們承受不了對方激烈的深情。

過去兩年，我們大概在春夏之交開始互相吸引，在冬天來到前分手。

兩次分手的導火線，回想起來都微不足道。

每一年的冬天，比上一年更孤獨、更冷冰。

好不容易熬過了，記憶中是一片空白的省略號。

我們第三次走在一起，心中忐忑不安，害怕冬天的來臨。

各自在心中，預告了今年冬天一定會第三次分手。

開始構想場景，設計劇情，要求對方做主動的結束者，並肯定不會有第四次的結合。

誰願意在第三次當壞人？天知道。

曾經，你說我總會無緣無故突然搞破壞，這是我的奇特本性。

然而，一次再一次，我必回頭後悔。

我們的結合超出計算，不合常理，經常讓我難以置信，茫無所向，措手不及。

奇怪在，我們深深的互相吸引，而你的付出既多且深。

如果我太用力，你會受傷。

如果我不用力，你會飛走。

彷彿你都在我掌握之中，其實一切都在我掌握之外。

最近，我們甚至訂了六月九日是我們的日子，無論天涯海角，將來怎樣，我們都會在每年的這一天相聚。

這是電影中最老土的橋段，牛郎織女的過時傳說，但這又像是最合乎雙方意願的自然結果。

我們是不是心裡都在想，我們會一年又一年在冬天分手，然後一年又一年在六月前復合？

半年的痛傷和折磨，用另半年的激吻和擁抱去彌補。

或者是半年旁若無人的甜蜜和幸福，必須用另半年的淚水和悔恨去償還。

昨夜，我們一直在討論去美國的問題。

第三次分手，是為了你的個人理想和生涯規畫嗎？

這個理由，聽起來不錯，不過如果真的發生在我身上，會是最荒謬的謊言。

認識我的人都知道，我喜歡一個人，相隔一個外太空也攔阻不住。

你流淚，說希望這次是我提出分手，這一次你一定可以做到義無反顧。

我相信的，正如那天你跟我說你會愛我到永遠。

我相信你的每一句說話，卻不相信自己會輕易放手第三次。

你就隨便找個理由把我撇掉吧，甚至根本不需要一個理由，只須跟我說：

「我還是決定離開。」就好。

然後然後，看我如何把你追回來。

@@：童年第一夢想拍電影，第二寫書，第三才是做廣告。弟弟常勸我多寫小說和劇本，既無時間，也無耐心，總是半途而廢。這又是一部電影或小說的開頭。哈哈！

九月

灰茫茫的天空沒有下雨
它只是不讓陽光進來
這不是秋天的氣息
只是一層凝結的
離情別緒

去年的九月清風徐來
處處是孩童的笑聲
不知你身在何處
總有一種連繫
遙遠祝福

去年和今年
是什麼造就此迥異世界
一股陌生感冷然隔絕
我和你
如這灰茫茫的天空
如這
黯然的九月

播音劇：叫床

朋友叫我寫一個限制級播音劇本，情節太複雜，內容太色，不宜在收音機上廣播，結果被退回。

（過場音樂）

（微雨聲密密麻麻）

女1：大衛，我求你，我真的不能沒有你。

男：對不起，我們不可能繼續的了。

女1：大衛……（哭）……大衛……不要離開我……

男：我要走了，再見。

女1：（拉扯）

男：放開我……放手啦！（語氣愈來愈嚴厲）
女1：來……你不是說最喜歡聽我叫嗎？來，我們來做……
男：你神……經啦你，這裡是街……（甩巴掌）
男：你瘋了你……
（開車門）
女1聲音悽厲：陳大衛……我恨你一世……我要你一輩子都後悔……
（大力關車門）
男喃喃自語：神經病！
開車離去。（跑車引擎聲）

＊＊＊＊＊

女1的呻吟聲。（透過手機播出的mp3錄音檔）
女2抓狂：你告訴我，這是什麼聲音？
男：什麼聲音？誰寄來的？
女2：今天早上收到的，哼，你真的不知道嗎？
女1透過手機錄音檔的聲音：大衛，你不是最愛聽我叫的嗎？上次在海邊的時候，你弄得我好舒服……啊啊……

男：神經病！

女2：神什麼經？我神經嗎？你說，她到底是誰？

男：我上個月已經跟她分手，我不是答應過你，跟你結婚前把其他女朋友都撇掉嗎？她是最後一個了，你不要理她啦……

*****

（結婚音樂）

女2：老公……

男：老婆……我來啦……

女2呻吟聲……愈來愈激烈……（突然變成女1的呻吟聲）

男：你……你……

女2停下來：什麼嘛？

男：你的聲音……

女2：我的聲音什麼？

再來……呻吟聲又變成女1。

男停下，女2問：你到底幹嘛啦？
男（沮喪）：嗯……嗯……我沒事。
男心想：到底什麼回事？她又不像鬼上身。是我幻聽嗎？
女2：老公怎麼啦？你酒喝多了嗎？來，我們看片。
（日本片）
（美國片）
男的抓狂：為什麼每個人叫的聲音都跟她一樣？

＊＊＊＊＊

打電話，沒人接。
再打。
男：Jenny，我要找你。
女3：大情人，找我幹嘛？我們不是已經分手了嗎？
男：你不是說我們分手後還是好朋友嗎？
女3：所以呢……
男：我已經兩個月沒做愛了。

女3失笑：不會吧，你不會要我幫你這個吧……

男：不，我被個瘋婆子逼瘋了……，我懷疑我有幻聽……，你不是心理醫生嗎……你看看我吧。

女3：好吧……那你就過來我辦公室吧。

＊＊＊＊＊

（過場音樂）

女3：一二三，（彈手指聲音）醒來！很好啊，剛剛透過催眠檢查你的潛意識，你什麼問題都沒有啊……，可能是你心理作用而已，有時候一個男人拋棄了一個女人，心中會有罪疚感或悔意，導致某類型短暫性的幻覺也說不定……，唉……又不見你會這樣想我……

男：（輕佻）我現在不是在你面前嗎？

挑逗女的，女喊「不要」，但欲拒還迎。

轉入高潮，換成女1的聲音。

男的大叫：她，又是她的聲音。你到底是誰？

女3：是我啊，Jenny，你幹嘛？嚇死我了。

男的大力喘氣。
女3：我沒有鬼上身勒。解鈴還須繫鈴人，你要不要找找她看？
男：我打過很多次電話，都沒人接。
女3：那你上門找她啊……

＊＊＊＊＊

（過場音樂）
叮咚。（門鈴聲）
叮咚叮咚叮咚。
很久後終於有人應門。
開門聲：咿～呀～
老女人：你找誰？
男：請問……淑芬在嗎？
老女人陰森大笑：大衛，你終於來找我了。
男：你……你……你是淑芬？怎麼可能……你怎麼會這麼老……
老女人邪笑：嘻嘻嘻，我用我的陽壽交換，我要你每次做愛的時候都聽到我的聲音。

老女人聲音：哈哈哈……

女人1聲音：（呻吟叫床聲）

男人慘呼：不要……我不要……呀～

某地、某人、某事

有時候你不經意到達某地，從一彎長路的這一端掃視眼前倘大的整片陌生的空闊，彷彿有一種似曾相識的感覺，但追溯這輩子的所有記憶，確實不曾來過這裡。

不要流於那種前世今生或第六靈感的虛想，姑且把這種感受當成一種眼緣，即如我們新交一個朋友就一見如故，邂逅一個異性即一見鍾情，從相見的第一刻開始，你心知和眼前這人會糾纏不清，從對方開口的每一句話，你也可以舉一反三而「早知」那些前因後果，體會對方的心路歷程。

這天我一如以往在床上輾轉反側，心中的躁動讓思想無法停歇，腦部不斷負荷的疲累卻又令慵懶的身軀不願起床，於是日已過午，炎熱的室溫為皮膚升溫，而在半清醒的意識中，眼皮始終無法張開。就在這種並不安詳的狀態下，我夢見——或可稱為我看見，因為心中幾乎已有五分醒覺，不能完全說成夢——我看見我又來到某地，一個相當熟悉卻又絕對陌生的某地方。

我意識清楚地知道我已化身某人，一個年老的男人，眼前是一對閃亮的眼睛，一個年老卻充滿魅力的女人，是我的妻子嗎？我並不十分肯定。我看著她的眼睛，心神俱醉，說了一句話，意思好像是：「如果真愛一個人，一定要深深的再看她一眼。」然後我很快地想到，這句話的前一句問題是：「如果你知道自己將要死了，你會做些什麼？」

老年人的心靈幸福，有時候只需要簡單的一、兩句好聽的話，就滿足了。於是我在幸福滿溢的心情中闔上眼睛，經歷了第一次死亡。

然後我彷彿又回到某地，一個人站著，被四面空無所包圍。我凝神思考著這情節該如何發展下去。一個老年男人死了，一個老年的女人仍活著。終於，我想像出一個少年，他彷彿是那個老年男人的重生，在不知經過多少年後，他成為了這個少年，或他一死後就移魂到這少年身上，他全身充滿渴求和力量，滿懷熱情地要尋覓那個曾經生死訣別的伴侶。他只記得她那雙曾讓他心神俱醉的眼睛，卻憑想像地「發現」了她的姓名，甚至「知道」她曾是一個歌女。他搜集所有關於她的物事，他無法忘懷那最後一次的深情對望，他幻想著即使對方已老得不能再老，四目交投的時刻就是他這生的永恆了。

他果然找到一個如此姓名的歌女，但她已死去多年，那一刻他並沒有崩潰，但人生也從此失去了動力。

又過了一些日子，他回到了一個男人該有的正常生活，經歷讀書、工作、戀愛、結婚，並剛生下了一個女兒。這時他已是一個中年男人了，他的生活枯燥乏味，他對妻子已失去熱情，未來他的下半生要面對沒有前途的工作和養育妻兒的龐大費用。他再次想起那位「曾經」令他心神俱醉的眼神的主人。他曾經安慰自己那只是一個少年人在成長期妄想出來的虛構人物，現在他忽然想到的卻是：既然有第二世的他留在此世上，且仍保留著前生的深情和憶記，那麼她呢？第二世的她，也必然活在此世上。

於是一個夜裡他不辭而別，一個人，懷著所有關於那個「她」的資料，流落到天涯海角，尋找那個他深信仍活在此世上的第二世的她。

然後歲月催人，他飽歷滄桑的殘軀老得只餘一口氣，他躺在一張讓他渾身不舒服的床上等待死亡，這時一個大概三十出頭的成熟女人走近，坐在床沿上緊握老年男人的手，叫了一聲「爸爸」。

老年男人從彌留中驀然清醒過來，凝神向那女人望去，最後豁然一笑。他並沒有聽見那一聲「爸爸」，他發現那女人的雙眼，他們四目交投，他心中再次呼喚起那句話：「如果真愛一個人，一定要深深的再看她一眼。」尋覓一生，他終於找到了，他安然地咽下最後一口氣。

在經歷了那個男人的兩次死亡後，我終於醒來了，頂著一個過度虛耗異常沉重的腦袋，我無法記起那女兒的眼神是否和第一幕的那個老年女人的眼神一樣，她們是否擁有相同的靈魂。疲累也讓人陷於迷惑，我到底是在半夢中經歷了一個男人的兩次生死，還是在半醒中虛構想像了一個男人兩世的故事？我懷疑不久的將來我會遇到或變成這麼樣一個男人，或邂逅這麼樣一個女人，然而不論那男人或那女人的輪廓或印象，在醒來的一刻早已模糊不清，船過水無痕。

我打開窗戶，星期六的下午安靜而陌生，對街的風景似曾相識一如某地，而我在經歷兩次「死亡」後，身心孤寂得像個死人，周遭發生的一切一切似乎都與我無關了。

輯2

無眠之夜

夏

熱，熱得連呼吸都想停頓，就這樣軟癱在床上，讓衣服昏迷，讓皮膚痛哭。彷彿有人在輕叩窗戶，還是有人在輕輕嘆息，窗外寧靜而黑暗，我住在八樓，再想下去未免太恐怖。詩人最愛秋天，因為秋天寂寞，樹木凋零，特別感傷。春天如初吻，冬天如死亡，周而復始，夏天最難入詩。嫌它吵雜，不是雨聲，就是蟲鳴；又逢暑假，人車鼎沸，小孩嬉鬧，大汗淋漓。

而此夜出奇的寧靜，連手機充電池的低頻微音和空氣清新機的風扇轉動都清晰可聞。精神在恍惚之間，有夢，卻也清醒。爬起來，喝一杯水，水自咽喉闖進腸胃，緩流有聲。躺回去，一個人獨鬥四面牆壁，還有天花板與地板，幾乎連螞蟻的腳步都可以聽到。

窗外的漆黑逐漸可以分出層次，夜色深藍暗藏星影，陰森樹裡也有微光。玻璃這東西看似簡單，其實最是複雜，鋒芒銳利卻脆弱得容不下一條裂痕，像一位完美主義的尤物。它透明而疏遠，光潔的表面毫無破綻，冰冷無味，如分手後的戀人。

又是一聲嘆息，我終於發現那只是半夢半醒間的某種期待，或許，我應當斷絕所有的思念，才能在混沌中重新看見明淨。

孤獨是一種磨鍊，你必須超越孤獨後，才明白它的真正意義。

放另一個我出來玩

報載：一個四十五歲的德國男人，多重人格分裂，內裡隱藏十四個角色。或許，每個人都人格分裂，最少兩個。

多年來，我無法消滅另一個我，為了安撫他動盪的野性，還要不時放他出來玩玩。

因為價值觀的極端歧異，我和他經常爭持不下，而迷失在十字路口上。他最喜歡趁我幾分醉意就跑出來搞亂，我用僅餘的意識與他對抗，有一個晚上，就這樣站在微雨下的交通燈前兩個多小時，回家後大病了一場。偶然，我想把他驅逐到心靈的最深處，成為一個永不超生的囚徒，而我最終總是不忍——誰也無權力剝奪另一個人的自由，何況自己？何況我們密切的關係已超越了血肉相連，於是，我一再心軟，又把他放了出來，而他，愈是肆無忌憚。

更可悲是，我並不是一個在深愛的人面前可以隱藏自己的人，為此，被我深愛的人，都迷惑於我和他之間的反覆無常，因而受盡折磨。

如果我是上帝，他就叫做魔鬼。

如果我是和尚，連自己都放下了，他也應該會安分地離去。

黑色星期五

黑色星期五。

我穿上黑衣、黑褲、黑鞋、黑襪，從黑黑的夜走進黑黑的街中，深黑色的眼眸搜索淺黑色的窗戶，我看不見任何人，也沒有任何人看得見我。

所以世界終於只剩下我一人，如黑色的咖啡裡一顆黑色的砂糖，我融合在完美的漆黑中，稍嘗了孤獨的甜蜜，才依依不捨地慢慢朝光亮處走去。

無眠之夜

秋盡而夜寒
醒來又是三點半
倒一杯咖啡喝
凌晨的下午茶時光

一個人輕敲鍵盤
緩緩西落的月亮
分明破曉如夢
偏贏得清醒一場

模仿上帝

週日下午，決定開一個玩笑。

首先找張白紙，然後在上面放一口蛋糕，再任它擱在廚房地上。然後回到客廳看一場電影，喝冰凍果汁。一小時後，果然，白紙上堆滿了歡欣的螞蟻，牠們你擠我擠地，搶占蛋糕，如獲至寶，像百貨公司週年慶的人群。

於是，我不動聲息拈起白紙的兩角，把這場鬧劇移到陽台外。晴朗的午後，陽光炎熱卻令人愉快。螞蟻們把蛋糕托在頭上，滿足地回家，牠們以輕快的腳步走出白紙範圍，立刻發現已經是一個完全陌生的世界，牠們在陽台上亂竄，卻不願放下手上的重量。

為了利益，迷失了回家的路向。多像一個長期在海外工作的人。

書臉

滑鼠滑進另一個網頁，又默默地退了出來。

我一再尋訪你，在關鍵字中消磨我的思念，在茫茫的搜尋路徑上，篩選相同的名字。

而你刻意隱藏閃避，封鎖一切連繫，讓所有線索落空，利用失聯來施展報復。

最後我悻悻然揮舞滑鼠，把你的過期郵箱，列入「我的最愛」。

醉中記：痛失網友

網路是一個自由出入的世界，你可以隨時向任何人敲門問好，而甚至不需要表露真實身分；你可以在相談甚歡的情況下驀地銷聲匿跡，而不需要說明任何原因。

文字是暗示性極強的溝通工具，卻永遠及不上面對面交談的情真意切，每個人都擁有不同的語境和聯想，一段自以為平常的句子可能無意中困擾了對方，而下筆者本來無心，你敲破頭也想不到為什麼。

每個人都曾遇過一些朋友突然不辭而別，你不知道是自己行差踏錯了什麼，還是對方遇到了一些難言之隱。又或許只是感到意興闌珊，不必再繼續，既然不知所以然，就更無從追問、猜想或道歉，友誼可以被珍惜、被期待，卻沒有責任要不負此珍惜、不負此期待。

至於網友就更是萍水相逢了。縱使相逢應不識，一部車與另一部車在紅燈前並排停下，兩人隔著玻璃窗不期然四目交投，雙方點頭微笑，把窗戶搖下來更是相談甚歡，這時候綠燈亮起，後面響聲不斷，兩人只好收拾心情各自專注前方，分道揚鑣奔向本來之目的地。

網友是很難成為真正朋友的，彼此摸不著、看不見，也沒有現實的共同經歷，網友的關係超越了時間和空間的限制，你可以用五、六十歲的說話方式和別人交往，而你其實只是個十五、六歲的黃毛小子。你跳進角色，有時候連自己也迷惑了。想通這一點，你就不會抱怨為什麼網友消失，因為對方可能只是一個從未真實存在的虛擬角色。

上網令人成癮，或因你可以毫無包袱地暢所欲言，因緣際會，竟和一班漠不相識者啟開心扉，說到會心微笑處、吵到眼花耳熱後，戀戀不捨，你癡癡地又癡癡地等待對方另一次又另一次的回覆，那種牽腸掛肚絕對不下於一段青春的愛情。而某天醒來，對方居然不再以原來的節拍去給你和應，傾洩的感情一下子失去了寄託點，會變得徬徨無依。

人生最難過的兩關是捨不得和不服氣，貪嗔癡怨恨若非由此而來，也脫不開其中關係，應該開導自己，如果放得下這兩關，就足以自在喜樂，何況你一生之中也不知曾一去無回多少次了。家中女人曾說過我這怪物珍視朋友更重於家人，卻不知道家人是一輩子血緣的牽繫，斬不斷也揮之不去，緣起而遇的友誼卻從來沒有保存期限，往往一閃即逝，緣盡即止，盡情把握當下的相逢，是享受友誼的最高境界。

此夜喝多兩杯後我彷彿想通了，笑將金樽邀明月，莫為斯人獨憔悴。浮萍歸依水上兮，大海何茫茫；人生不及回頭兮，繼續漂向前方。一笑～

贈友：巧克力

巧克力令人快樂
巧克力令人開朗
巧克力有千種好處
而你並不上當
你說要保持身姿綽約

這算是什麼道理
巧克力是如此調皮
我曾經把它掛在星空上
直到太陽出來
巧克力融掉
又落在我的嘴角

巧克力是如此瘋狂
我曾經奔走在海洋上
只因風平浪靜
濃濃的巧克力覆蓋在
整片海面上
最後我擺開太陽傘和桌椅
一邊吃著巧克力冰
一邊煮巧克力火鍋

而你竟然如此理性
為了一副自戀的體形
巧克力早已鋪滿了鏡子
它變成全世界的焦點
沒人注意你的，拜託
沒人注意你了

我又吃了一塊巧克力
地心並沒有增加它的吸引力
我的舌尖輕鬆而甜蜜
隨口可唱出巧克力的歌謠
「搖呀搖，搖到外婆橋
外婆問我要巧克力
我說已經——全部吃掉！」
不要再說些我不懂的話
我笨極了還知道兩句英文
用滿嘴巧克力的口音跟你說：
This is chocolate!
This is classic!

病

一股熱散出皮膚。

它掠走了所有能量。你一個人躺在冰冷的床上，孤獨地想家，流不出汗。

那年她流出的眼淚是黃金色的，那滴淚珠你曾看得非常仔細：表面張力的弧線折射出所有幻影，而她說已經看清了一切事實。

時鐘以流水的聲音飄渡，她說沒有什麼是不能靠岸的：離不開只因為不真的想要離開，離開了就沒有意思想要回來。

一股冷侵入皮膚。

你抖了一下，開始想不起家。那實在是——

太遙遠了。

小女孩的慘叫

那天患了重感冒，發高燒，忽冷忽熱。

不敢開冷氣，把窗戶打開一條縫。

半夜，人在半夢半醒之間。我就住在山邊，風很大，忽然一道風攝進來，隱約聽到一個小女孩的慘叫。

是一種充滿驚怖和痛苦的呼喊聲，隱隱約約，留神細聽時卻又戛然而止。女孩已暈死過去了嗎？是綁架？還是變態殺人狂事件？一個面目冰冷猙獰的大男人把小女孩的小指頭割下，血淋淋的畫面，愈想，愈怕。

如真如幻，我的身體非常虛弱，沒有跑近窗邊看，甚至不想爬起床。

心中的怯慄感蓋過好奇心，我蒙頭俯伏把嘴臉埋在兩個大枕頭之間，迷迷糊糊地睡著了。

夢中，彷彿仍聽到一個小女孩的慘叫聲，重複著，重複著。

白天醒來，看電視，翻報紙，沒有相關的新聞。
一連幾天，看電視，翻報紙，沒有相關的新聞。
心裡終於鬆一口氣，可能一切都是病魘中的幻覺。
除了那一點點的好奇心外，何時開始，已經不剩半點正義感了。

神經寫作

凌晨三點。神經兮兮（其實不太清楚「兮兮」是什麼樣一種狀況）。又一次，又一次，居然眼睜睜活到現在。再這樣下去，我的生命肯定會愈來愈短。廢話！每下一秒，你的生命趨向都比上一秒愈來愈短。

無法入睡，可能是因為潛意識害怕入夢。潛意識這東西是什麼？榮格和佛洛依德各說各話，我曾經好不容易搞懂了一個，卻發現另一個我不懂，到我搞懂了後面一個，前面一個又忘了。其實潛意識好簡單，一句老話叫做「層出不窮」，意識排著隊一個一個來，壓在下面不出頭的一層就叫做潛意識。例如一個男人被一個漂亮的女人沖昏了頭，某天總會恍然大悟——原來我的潛意識還是愛著本來的一個……

還是講回夢吧。最近我常夢見一個粗眉無鬚的大叔，左手拿著毛筆，右手托著算盤，像個判官一樣走到我面前，把雙手伸出。我期待他將以粗豪的暴喝判定我的生死壽元，誰知他眉毛低垂、嘴角含笑，講起話來聲線溫柔：「這是我的左手，那是文學的靈魂；這是我的右手，那是精明生意人的算計。」我真想揮出數拳把他擊倒，然後轉身走人——我知道我的一拳不夠力量，而且我很想實驗一下新學來的連環日字衝拳的威力。

嗯嗯，我兩邊的拳頭已經握緊，卻最終沒有揮出，我想起某個朋友少女時期站在廣場上拿著一本書的優雅神韻，大概一個人拿著一樣什麼總該有一種什麼氣質。於是我腳步右移，只看他的左邊，他提筆的神情憂鬱中原來十分瀟灑，我再從他身後繞到他的右邊，他托著算盤自有一股拚命占便宜、寧死不吃虧的威儀。然後我再繞回他的前面，卻發現他變成了一隻兩手高舉的招財貓。然後然後，然後然後，我一直碎碎念著然後然後，不知不覺就醒來了。

這種醒來的方式實在令我哭笑不得。每個人每天本都應該幸福地甜睡，滿懷希望地醒來，而我居然不斷遭遇這種稍睡即醒的方式，無疑是一種折磨。這個夢一天又一天地折磨著我，一隻招財貓，一個粗眉無鬚的大叔，我的左手，我的右手，然後然後，我的右手，我的左手……

我想起我曾經參加一個合唱團，那裡每個人都以一種寬宏的氣度引吭高歌，但裡面有一個中國肥婆非常討厭，不唱歌時就不斷在說話，話中總夾著兩句口頭禪：Oh my God！Oh shit！Oh shit！Oh my God！她總讓我無法專注歌唱，某次唱聖詩的時候，突然想起她的口頭禪，我忍不住大笑不止，眼淚直流，最後被團長趕走了。

@@：30分鐘的auto writing（好像譯作自動寫作），不太差，很累，可以睡了……

命運

你像一塊肥皂被擱在洗手盆邊，命運之神把水龍頭打開，祂玩弄著水，逝水如斯乎，祂順手把你拿起，搓弄兩下，你的生命也就此減瘦了一圈。

有一段對話如是：

某一：Fate is stubborn, and people can only submit to it……（命運毫不退讓，人們只能乖乖地順從於它……）

某二：在五千年人類歷史裡，我們相信命運，卻不屈服於命運……（下面播一支Crusaders！）

某一：就算人不願意屈服，命運還是萬能的～

某二：……我們無法轉變命運，但仍擁有自由意志去質疑並拒絕屈從其下。

很明顯地，兩個人在各說各話，某一鎖定了前提的現實不可抗性，某二鎖定了即使前提明知不可抗而必須頑抗的精神態度，現實和對抗現實的精神態度之間，怎麼說下去雙方都不會有匯合點。

時間在消耗著，對話像兩條平衡的路軌沒有交叉點，一股莫名的倦意洶湧而來，空氣像薄了一圈。

時間還是無時無刻在消耗著，無論好運、壞運，無聊或忙碌，猛抬頭，那肥皂只剩下薄如紙的少許，留之無用，你乾脆把它放在水龍頭下任水沖刷，直至它消融殆盡，消失於無形。

嗯，關機睡覺。

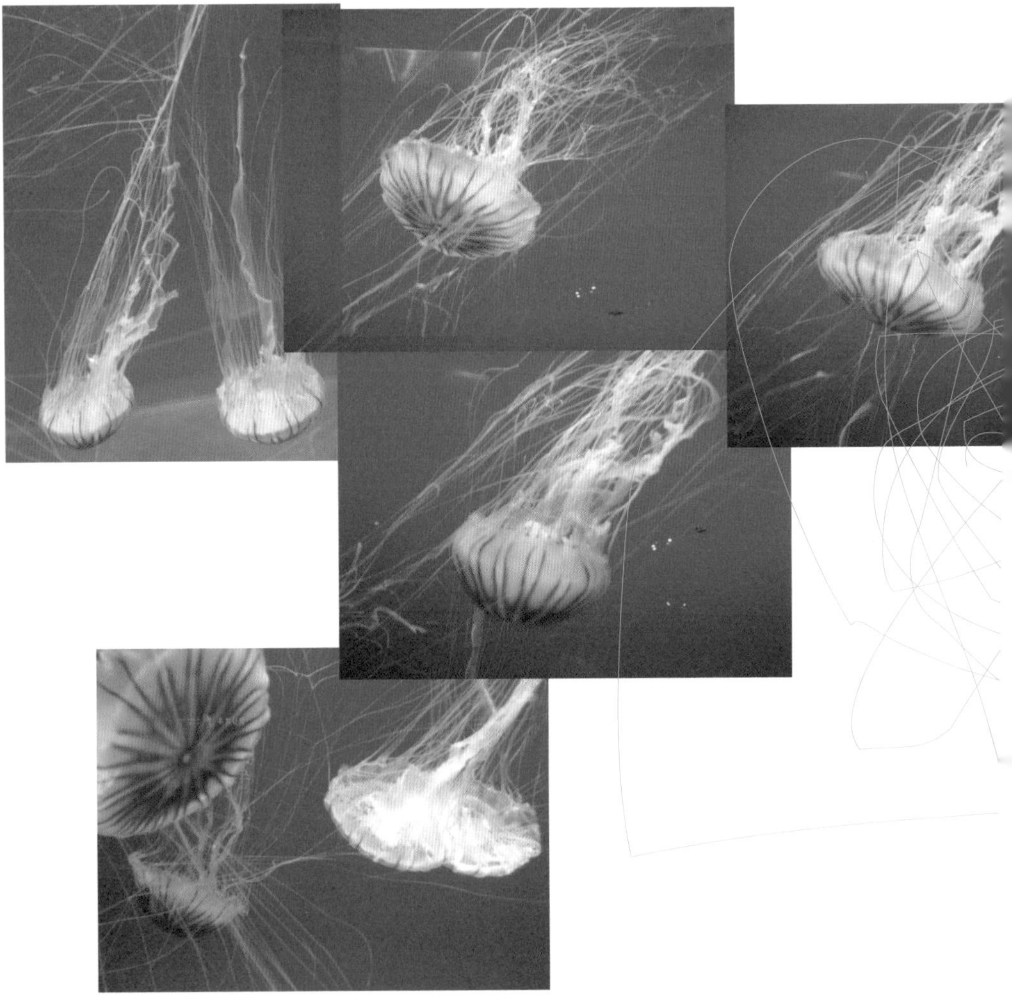

眼光光，望天光

五點二十五。

天微明，街燈猶亮。

平常愛清靜，總把窗戶緊閉，除非此時此刻，故意打開一點縫隙，細聽這個城市一分一秒在甦醒。

從前看天亮只需隨便付出一點年輕的本錢，如今卻是「失眠眼光光，守窗望天光」，看天亮變成是悲慘失眠的意外補償。

前陣子讀一本中醫書籍，說人體內之五臟六腑基本上是在你熟睡後三小時才逐步收工打烊。所以你十二點半躺上床，還不到三個小時就醒來的話，內部機件根本沒休息過，心肝脾肺腎膽腦全體捱更抵夜，五內躁動不得稍息，而在不經不覺中，東方已破曉。

滴答

雲翻雨薄未及天晴的破曉
西墜的上弦月隨風而逝
懶得追問傷心人何事縈懷抱
長橋盡頭隱約有落寞的拍子聲
滴答滴答滴答

時鐘順從著時間耗損其生命
剝落的牆灰混雜煙硝刺向鼻子
舌頭上乾涸的僵直該如何變得溫柔
淚珠從葉角往下一顆接著一顆
滴答滴答滴答

寄望於天涯藏起這封不寄的信
最遙遠的距離是回到自己的內在
不再逆水揚眉也不再笑他一笑

不再顧影垂憐也不再高歌一曲
滴答滴答滴答

失眠有各種理由，想不到半夜寫作變成唯一有效的心靈慰藉。二〇〇八年金融海嘯後，全球經濟一遍慘淡，只有神仙才看得清前途吧。想不通該如何開源，就只好節流了，實事求是的企業大都選擇裁員，並大幅收緊開支，我服務的這家公司向來反應敏捷，殺人割頭自不能倖免。打工仔跟打工仔之間有更深厚的情感包袱，卻不及老闆的切膚之痛，結果為了多留幾十條人命，和老闆大吵一頓。一場鬧劇過後，人頭是多留下幾個了，自己的命卻忙到只剩下半條，從此一星期總會失眠數天，持續至今第三年了。市場起伏不定，經營艱難，有時候是為了不斷積累的壓力無法渲洩，有時候是為了擔心下個月不知該如何過關，更多時候只是身體內的機件跑過頭了，回到家仍處於興奮過度的狀態，情緒一時太高漲或太低落，久久無法平靜下來。跟老闆硬撐，吃虧的總是自己，爭不贏是輸，爭贏了，後面就更無退路，拚命交出好成績，結果大贏家當然還是老闆。

人是貪婪的動物，當你看見天微明，就期待天更亮，看見日出後，從早晨第一線陽光，等到天大亮，陽光滿屋，卻不見得就此心滿意足。

寫到這裡，胃終於不叫了。

床啊床，我馬上就來。

管他天亮不亮，晚安早安。

關機關窗關腦袋。

距離上班出門，還有兩小時好睡，五臟六腑可能無奈還是醒著，最少眼球先向失眠復仇。

去也～

廣告一則

太明顯了，明顯得像秋天的天空一樣清澈
藍色是我想你的範圍
白色是當中發生的好事
灰色和黑色，都不見了
天氣清涼，陽光溫暖

感情需要回響，把一個球往牆上丟，反彈回來的力度送進掌心，充滿能量的滿足感促使你想把球再擲出一次。

感情需要彈力，你期望不斷接到更有彈力的球，讓你每次擲出都更樂此不疲。

我的力量，源自你的回響。請盡快回覆。

24小時查詢熱線：XXXXXXX

（以上廣告一則。）

寫作

不要以為寫作是什麼困難的事，那其實只是一種習慣。

一個朋友曾經說：一件事只要連續做二十一天，就自然會養成習慣了。

今天，養成寫作習慣的好處，最低限度，是延遲忘記字的樣貌。

在手機年代，打短訊不用知道一個字的完整構成，甚至只須鍵入音標就可。

在ＭＳＮ年代，更不用擔心寫錯字，對方看得懂就好。

文字輸入法的科技愈多元愈方便愈有效率，我們忘記文字的速度就愈快。

我大概每週規定自己寫不少於一千字的工作以外的東西，因為有些文字在工作範圍裡百年也用不到一次。

然後發覺即使每週寫幾千字，好些詞語一時間還是想不起該如何書寫。

原來即使你經常會打一個字，換拿起筆桿來寫，還是會印象模糊。

偶然用筆寫上幾行字，歪歪斜斜，更是奇醜無比。

從小沒有寫日記的習慣，不值得記憶的東西就讓它們自然遺忘。

工作筆記，是為了檢討錯誤和避免重複犯錯。

寫blog，卻只是養成小習慣，像嚼口香糖一樣，讓自己三不五時實驗一些想法或行文用語，並記下一些有趣的瑣事。

跟做gym一樣，最重要是逼令自己持之以恆的紀律。

要繼續寫下去，就要敢寫，亂亂寫，隨便寫什麼都可以。

怕丟臉就什麼都不敢寫了。

否則，如此蒼白的人生，哪有這麼多新鮮題材，能讓你寫得興味盎然？

大概寫了四年blog，進度很好，如今一週可以貼文五篇以上，分量可以超過三千字。

長話可以短說，小事可以擴充長篇。

議論、抒情、專題、搞怪，隨便亂來。

有時候邊寫邊想，寫完就已經想得透徹。

最重要的是：放了一大堆習作，價值有限的數十萬字在網路上，居然不用錢。

細心結算，自己居然擁有超過五個電郵信箱，還有網路相簿、MSN、Facebook（臉書）、線上辭典、各類型資訊網頁，林林種種，每天都在免費使用。

所以我絕不會購買網路概念股，做其投資者，網路這行業完全是福利事業。

從來不喜歡占人便宜，但琳瑯滿目的網上工具免費使用多年，竟然毫無罪疚感。

全世界的人類都不以為然，覺得免費網站任君享用很正常。

光怪陸離，無過於此……

生氣

關於生氣，有很多種講法，你要先聽哪一種？

比如說：生氣就像生孩子一樣，一定是在身體裡養了一段時間，到該生出來之時就生出來，理所當然的事。

不可能忍住不生的。

不過差別在每個人生氣的頻率不同。有些人生氣還是像人類，久久生一次，頂多雙胞胎。有些人像豬，一生十幾個，也不用十個月時間。有些人像海龜生蛋，莫名其妙連生幾十個，生完就走，留下一堆倒楣的龜蛋自生自滅。另外，你聽過有一種阿米巴蟲嗎？單細胞自我繁殖動物，自己生自己，跟外界無關。還有些像生鏽的，生開繼續生，愈生愈快愈嚴重……

所以說，每個人都會生氣，只差你生得像個人，還是生得像條泡水的爛鐵。

@@：寫此篇時，非常生氣，一輪胡說八道寫完後，仰天大笑三聲，不生氣了。

天南地北

我目送我的離去
安靜而緩慢地
一條延向遠方的蛇我的足跡
停步在兩朵雲之間那個人

夕陽無限下一步可能是哀愁
月出東方隱現半點含糊的皎潔
無知的旅程且任腳步往北走
北極星在前方神光閃亮

來自南方的少年常夢想流浪
在多雨的時節總是聽見馬蹄聲

透明盒子

這是一個透明的盒子，其透視程度讓你可以剛好看得見裡面，卻無法穿透它，看見對面的世界。

於是，可以這樣說：你被一個透明的盒子障蔽了雙眼。

而你一直捧著這個透明的盒子，自以為洞悉一切。

你甚至把耳朵湊近盒子，希望聽見世界的心聲。

卻聽見一種空無的寂靜，能令人在不自覺中愈陷愈深的異度空間，令你頭腦混沌，耳鼓脹痛。

然後是心中慄然顫動，從頸背之間升起某種悲涼的感覺，自覺渺小而脆弱。

你開始回憶，無止盡地緬懷過去，從明朗到陰鬱，從歡樂到哀傷。

回憶沉重而疲累。

你逐漸無法再以雙臂舉起那小小的透明盒子，你只好輕輕地，帶點無奈地，把那小小的透明盒子放下。

一聲嘆息，自胸腹之間吐出，如釋重負。

九百年

公元二〇一一年的一月一日，民國一百年，一覺醒來陽光充沛，家人乘早機回港，又回復一個人惡鬥四面牆的生活。今天決定做幾件神經病的事，第一件是直覺九百年前一定有些什麼，上網搜查，果然沒有失望。

九百年前，為公元一一一一年。中國農曆歲次辛卯，和今歲一樣。這是第一個巧合吧（六十年一甲子，九百年十五次循環，歲次干支還是一樣，算哪門子巧合？應算是動念的巧合吧，如果我想的是一百年前或一千年前，就不是六十甲子的倍數了，偏偏莫名其妙，要找九百年……）。

遼天慶元年，遼天祚帝耶律延禧之年號，遼國最後一個皇帝登位。關於這皇帝的事蹟甚少，只知多年後瀕亡國前內亂，天祚帝殺了自己第二個兒子。《遼史》稱他於五十四歲病死（一一二八年）。《大宋宣和遺事》則記載紹興二十六年六月（一一五六年），金國皇帝完顏亮命令五十七歲的宋欽宗和八十一歲的耶律延禧去比賽馬球，宋欽宗從馬上跌下來，被馬亂踐而死。耶律延禧善騎術，企圖縱馬衝出重圍逃命，結果被亂箭射死。如果後者屬真，這皇帝雖然亡了國，卻也相當威武，八十一歲仍能打馬球，還敢逃走，死亦鬼雄也。

遼即契丹，北方的遊牧民族，不懂得契丹的華人，三十歲以上或會聽過耶律齊和蕭峰（喬峰）。身為漢人自我感覺良好，背上有五千年歷史和智慧，對於不了解的外族統稱蠻夷四千九百年（大概至清滅亡，即一百年前），對於在歷史洪流中區區一種曾經盛極一時、後來瀕臨絕種的稀有小動物如遼者，願意去了解他們民族源流的人應該少之又少。所以在大好節日，我們不必為自己的膚淺不懂得「契丹人是什麼人？算中國人、蒙古人，還是俄羅斯人？今天遼的血裔還存不存在？他們在歷史中產生了什麼價值和貢獻？」等歷史問題而感到羞愧。印象中，遼人男的威武、女的豔麗，遊牧以天地為家，生性強悍，這種民族即使更人丁單薄也不容易滅亡的。

北宋政和元年。這個人第一年坐正做皇帝。遼國就是被這個人滅了的，這人背棄遼宋和約，聯合金國滅了遼，結果連自己的國土也賠掉，最後被俘，導致北宋滅亡。這個人，卻是個藝術天才，自創瘦金體，書畫雙絕，編制《宣和畫譜》，在亂世中保留了大量前朝的作品形貌，使之得以流傳後世。他就是大名鼎鼎的宋徽宗。歷史上對他的評價永遠分兩極：藝術天才，昏君。「妄耗百出，不可勝數」、「窮奢極侈，玩物喪志」、「諸事皆能，獨不可為君耳」。

公元一一一一年，也是亨利五世加冕，第一年當德意志民族神聖羅馬帝國皇帝（Holy Roman Emperor）。這人是法蘭克尼亞王朝（Franconian）最後一任皇帝，叛逆推翻了其父親亨利四世的皇位，其後囚禁父親，進入羅馬帝國，推翻並囚禁了當時的教宗及大部分樞機，強悍登基，終身沒有兒女，因為絕後，於是也終結了法蘭克尼亞王朝。找到一張圖片，竟然是塔羅牌裡的寶劍國王。真的？假的？

三個皇帝搞砸了三個朝代，兩個被俘，一個絕後，有人叛父，有人殺子。似乎這年開始當皇帝的人都自我感覺良好，自私自利，卻專門敗家。

今天無端上了三堂歷史課。

還有別的嗎？

按百度百科，公元一一一一年十一月十一日，不知哪個無聊人發明了光棍節，因為當日破天荒是八條光棍，並假託這是上帝訂立的日子，以紀念他兒子身為絕世第一條光棍。不難想像生於一一一一年十一月十一日十一時十一分十一秒的某男子身負十四條光棍，可能終其一生都被詛咒單身，或成僧道之命。至於今天待會兒二〇一一年一月一日十一時十一分十一秒，我也要為這「十足光棍」的時刻好好慶祝一番，並計畫今天要進行的第二件神經病的事。

一 or 二

人生有很多模糊空間，但是選擇沒有。

You can do something, you can do nothing.
You can open, you can close.
You can change it, you can keep it.
You should know, you can pretend you don't.

或許想像力不夠豐富，或許是個性使然，從小習慣只給自己兩個極端的選擇，要麼左邊，要麼右邊。

要麼盡全力，要麼放棄。

一〇〇 or 零。

當然知道其間還有一～九十九。即使一和二之間，從一．〇〇一～一．九九九，還有九百九十九個選擇。一旦超過兩個選擇，就可以有無數選擇了。

所以想得多不如不要想。一或二比較乾脆。

只選擇一或二，中間的偏差只是無足輕重的剩餘價值。

是朋友，不是朋友。

信得過，信不過。

有愛，沒有。

好朋友四眼明沉迷時光倒流的故事。

有沒發覺：所有時光倒流的過程，都無法修補兩人間感情的裂口。因為即使今次不犯，早晚會犯，而你親手種下的傷痕無法消失或重來。於是你無論可以回到過去多少次，最後還是要面對最根本的——

一

or 二

無論任何事，當你把之極端化後，不免有兩種後果：一是選擇正確，二是後悔。

即使選擇正確，有時候你也不免懷想：如果當初選擇了另一端，會有什麼果報？而過了好些年後，當你又更深一層認識自己後，你會瞿然驚覺：你本來就是一個會選擇這邊而放棄那邊的人。

選擇，其實沒有意外。你永遠就是會這麼選，因為這才是你。既然如此，又何必去懷想另一邊的結局呢？

一笑。

慟

下班了，只有願見和不願見的，願見的，都是朋友，無所謂顧客或同事。

最近跟好些老友重逢，但短暫相聚後，是更長久的離別。

幾個很重要的人遠走他方，大概此生再見的機會不多了。

一個朋友去世。一個朋友的兒子去世。一個朋友的兄長去世。一個朋友的母親去世。兩個月裡，消息接連聽進耳裡，微弱的震動，良久，說不出話來。

不想低頭。

挺著身體，保持強壯的體魄。

表面上，不陷入激情，或各種憂鬱，隨時都樂觀地，保持微笑。

暗地裡，嘗試，對一切事物都，不再投入任何感情。

喝酒已經無效，寫字偶然可以釋放一點。

愈來愈，承受不起。

醉

兩鬢星星追暮色
一點點斜陽雨
回憶，傷人太甚

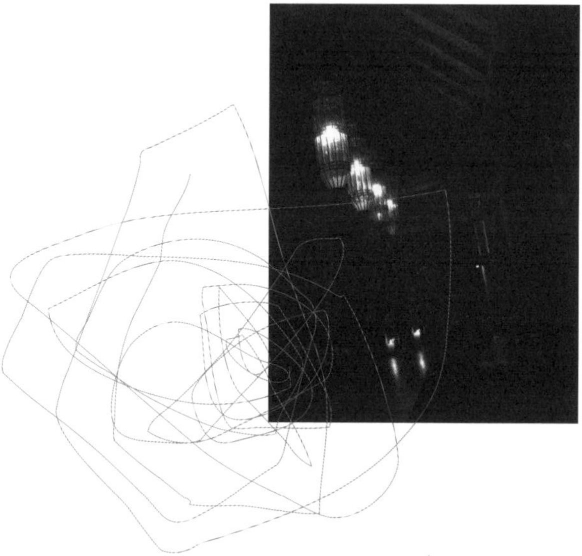

孤星

古希臘詩歌中，酒神戴奧尼索斯（Dionysus）的自唱：

我無所畏懼，無所猶豫……
世間的目光早已不是我生命的座標
浪跡天涯的淘洗
令我成為夜空中最耀眼的孤星

只是，孤星何其寂寞。於是，我寫了這篇〈大星空〉：

大星空，繁星亂舞
星閃閃的炫耀來自露齒的笑容
星眸如多情羞怯的眼睛輕輕眨動
你造了星光的指甲閃亮登場

你舉起酒杯內有酒星游弋

大星空，酒神的狂歡派對
星羅棋布早已醉不成局
歪斜的腳步如捕蝶者追逐星影
一顆流星急掠而過，歲月正匆匆
來不及有夢，已星沉影寂

大星空，浪跡天涯的饗宴
不必意氣昂揚，孤星隱藏在心中

引一好友之言：
酒神象徵的是感官，是狂亂，有說是獸性，其實不對，尼采講得最好：要像我這樣！在沒有止息的現象之流裡，我是永恆創造力的原母，永遠推向存在，永遠在現象的變動不息裡尋得滿足！
在永恆的變動不息中推進，需要酒意來助興！
此夜，猜我又醉了幾分？

孤獨

有些詞語具備一種與生俱來的魅力，例如「孤獨」二字，如果出版一本書而書名以「孤獨」為題，經常會賣得不錯，彷彿那書皮上「孤獨」二字只要輕輕躍入你的眼中，心靈裡某一安靜角落就會莫名地抖動起來，像驀然回首看見一個久已失散的伴侶。

就為了那一份莫名的抖動，我幾乎沒有翻過就買下了兩本書：《孤獨六講》和《過於喧囂的孤獨》，最後兩皆後悔。

孤獨到底是怎麼一種況味？那並不只是在一個親密而喧囂的朋友圈子中驀然感到失落無依，也不只是悲痛得無話可說的程度，連心聲都沒有，耳際只聽到一片接近永恆的靜默；它不單是在極歡樂中或極哀傷中，靈魂突然脫出軀殼陷於混沌，也可能是被勇氣不斷排擠，而距離真正的心意愈來愈遠，隱隱地感到一陣陣伸手不可及的虛軟疲弱。那不是一種哲學或文學的味道，卻也無法量化或探測，真正孤獨的人在別人眼中一點也不孤獨，因為它不再是一種高亢的情緒演繹，而是經歷不斷沉澱過濾後的一滴更純淨的水，然後一次又一次平凡地再度融入大海裡，只有真正的相知，才能把它辨識出來。

除此之外，人生還是非常孤獨的，尤其是學習的時候和下決定的時候，你自己外，沒有任何人可以一起分擔。

孤獨

孤獨的人情願讀書
讀書的人情願孤獨
點起亮燭，游移在幾行字之間
一點飄渺的執著
凝神未可細看

執迷

重複讀著一堆饒富深意的文字很久，最後就只剩下一堆文字而已，搞不清楚我是無法進入內裡，還是我只情願停留在表面。Barthes談攝影的一段名言把「攝影」換成「電影」：「身為觀看者，我對電影只有情感方面的興趣；我希望探討這個現象，不以問題討論之，而以傷口看待之：我看見，我感覺，故我注意，我觀察，我思考——」就會看得自己不斷點頭。

我的一位好朋友這樣寫道：

「漂泊的靈魂，人生的底蘊正如宇宙萬象，森然羅列。尼采說過：『走迷宮者從不尋找真理，只尋找他的Ariadne。』——阿麗雅杜妮（Ariadne），是神話中克里特島國王邁諾斯（Minos）的女兒，因為愛上雅典王子Thésée，所以幫助他，使他藉由線圈的引導，順利走出國王複雜的拉比林斯迷宮（The Labyrinth）。『阿麗雅杜妮之線』意即『指引解決複雜問題的有效途徑』。」

對於一個真正喜歡闖迷宮尋出路的人來說，並不喜歡別人提供線索。有些人，笨得喜歡選擇迷失，拒絕線索，然後沉淪在反覆探視那些夢幻般的錯綜複雜的羅蘭・巴特（Roland Barthes）所謂的「傷口」中……，這算是另一種任性吧。至於痛苦，有時候會痛苦得讓你來不及援出一點意識來感覺存在，沉默在混沌中哼不出半句，在時間中失去時間，久久地，直到它終於消逝過去……，我想：我距離覺醒尚遠。

固執

腦袋的灰色小細胞在發霉
差不多要發神經的時候
嘔吐出一塊塊綿花
綿花
綿花
綿花
重複是為了加強效果綿花

重複是因為固執綿花
死牛一邊頸綿花
左邊？綿花
右邊？綿花
還是左邊？綿花綿花

三分鐘
最少請給我三秒鐘
一
二
三
我給你全世界綿花
綿花
綿花
綿花

@@：所謂固執，就是總有一個念頭揮之不去吧。

木棍

木棍直立在陽光下，影子從西面飄移到東面。

它沉默得不帶半點殺傷力。

它一天天被時光侵蝕，直到一個和尚經過，合十鞠躬頌咒。

它終於放下堅持。

它的怨憤得到超渡，頃刻化身成飛灰，隨夕陽落入黑暗。

@@：最近莫名其妙，心中常浮現一截棍子。

入不門

某年倒楣透頂，得「高人」指點：念經咒，腕戴佛珠，可增運辟邪。這「佛珠」還須配合命格，黃蜜臘、血琥珀、綠翡翠、金髮石、青絲蜜，各有不同法效，真真正正的琳瑯滿目，各顯神通。

病急亂投醫，那幾年更認認真真地念了幾年密咒，讀了幾本經書，腕上的「靈珠」，更是從幾百港元買到幾千港元。

直到某天走過一間寺廟，在外面坐了一陣，然後在旁邊的路邊攤看見一串不加潤飾的青檀木珠，湊到鼻前有陣淡淡的清香，一問：不過二十港元。毫不猶疑地把它套到左腕上，喜不自勝，從此其他各式珍寶，全部封箱不見天日。

過了數月，運氣一直平順，沒有什麼意外或厄難。

於是，連「功課」也愈做愈少，最後只是隨緣。

說來嚇人，人說修佛有八萬四千法門，想一窺如來，談何容易，想看盡各師各法，以我之愚魯，窮十世或仍不能。

於是懶人有懶人的道理，例如：
研讀佛經可以帶來學問上的滿足，但不一定對修佛有幫助。
或讀萬卷經，不如念一聲「阿彌陀佛，我佛慈悲」。
現在，我左手仍有一串好友相贈售價平凡的黑木佛珠，偶然念念《心經》或想想「慈悲」兩個字，絕不注入更多文字解釋，更不涉足其他。
俗務本來就太多，整天多欲多爭多辯，豈有佛性可修？
妄想入門，鐵定是自欺欺人。
即使不入門，且留一點法緣吧。
去年遇一前輩，前輩說，把左腕的佛珠也放下吧，免得大家都看見你「有所忌有所依」。
聽來有理，不過再三思考下仍是把這串佛珠戴著。
一個人凡心未盡，當然「有所忌有所依」。
人在異鄉，更是最怕心浮氣躁，貪多冒失。
那串佛珠，總在手邊示警：
貪嗔癡，未可太過。
阿彌陀佛，善哉善哉。

我們

這是一段躁動的日子，心情起伏一直無法安靜下來，無時無刻想要爆發，但根本沒有爆發的意義。

那天，我夢見自己一個人在一條小船上，船在一個平靜的大湖中漂泊，驀地，船化成剪刀，把我的身體橫切成兩半。我搞不清楚自己的意識停留在哪一半身體上，是擱在剪刀上的半邊？還是沉向水底的另半邊？直到一陣慘痛的感覺洶湧而來，我禁不住脫聲慘叫，一股瀕臨窒息的無力感卻封住了嘴巴，這時候，我方意識到，自己是屬於沉向水底的這一邊。

莫名的疲累，伴隨著焦躁不安。當一件事情已經讓你意興闌珊的時候，最好還是讓它戛然而止。你無需有任何責任，也不必有太多苦衷，簡單說，不必要解釋什麼。老年人都會說：凡事要留一點彈性。

偏偏歲月沒有絲毫彈性。在人生開始的時候，我們隱約看見前方有一個目標，而道路開闊，五色令人目迷。我們沉醉在繁花似錦、目不暇給的年輕時光，不時在左邊多繞兩圈，揮霍光陰，又在右邊蹲下來，無端荒廢了數日。我們漫不經意地緩步前進，直到某天瞿然驚覺，延伸的道路原來一直在縮窄，如今腳下只剩得方寸之地，橫跨一步即跌下深淵，前方濃霧深鎖，彷彿是一條漫長而更狹隘的路，也可能再前一步已經盡頭。

這時候，我們強行寧定心神，裝出一副歷經磨難、百折不撓的堅毅，一身是戲地向前邁進，而心中突突亂跳，手心冷汗微冒。這虛怯並非來自對前方的恐懼或失去自信，而是來自對往昔曾經幾許荒廢的醒覺和痛悔。可能只是一種隱約的刺痛和幽微的悔恨，在陽光普照的日子，排塞滿滿的日程表下，根本沒有它們的位置，惟在夜闌人靜，當孤獨陷於極深極深處時，卻開始逐步逐步在擴大，肆無忌憚侵蝕血液裡的養分，令我們失去笑容，失去青春，失去活力，令我們陷於憂鬱，陷於寂寞，陷於不能自拔。

狼是最孤獨的動物，孤獨得可與月交談，狼卻又善於尋找同類，然而一群狼走在一起，你看不出誰跟誰真的像是一夥，每一匹狼依舊是一匹獨來獨往的獸。有時候孤獨病發作，我們就患上了失語症，自我隔離在人群之外，向所有人宣示沉默，而轉頭間，我們埋首在電腦中，與不相識者談笑自若，興之所至，更樂得賣弄一些小把戲。在一個無眠之夜，當我意外地發現了另一個日夜顛倒、在深宵裡被逼活於清醒中的同類時，透骨的寂寞中居然冒出一點殘酷的安慰：吾道不孤，我們，可以稱之為我們。

我們

我們用迷失了的語言來思考我們
我們喝著初冬被擊落的白雪來思考我們
然後你聽見撒哈拉沙漠上烏龜的笑聲
然後你看見巴拿馬運河上海豚集體在逃亡
水面上水面上
我們用含混的靈魂活著我們
我們用凌亂的呼吸掙扎著我們
一無所有的樹被急風啃光了樹葉
一無所有的我們被噪音侵吞了所有
大聲音大聲音
那些人在呼叫喝罵嘲諷叱責呢喃
那些人在不斷試探層層疊疊的陰謀和巧計
我們只剩下我的影子和我默然陪伴
我的影子和我收集起各種奇特的符號拼貼成我們
藍天、白雲

白雲和藍天忘記了他們本應十分熟習的舞步
蝸牛的殼裂開釋放出時間時間又躲了回去
封閉所有出入口連東西方日月和星辰都沒有
回憶在鏽蝕回家沒有路回聲在迴旋

烏鴉、烏鴉

窗戶像斷了關節的手臂在搖晃的聲音
窗戶折射出各種不透明的奇異的光
我的影子在光的包圍下變成許多人
然後所有我的影子被光帶走離開了我

我、我、我

暗室裡彌漫著一個啞巴的獨唱

我、我、我

我、我、我

生命的兩端

一篇好文章就是它竟然和你的波長對上了，讓你很自然地打開了自己，更透徹地發現自己對某件事情的感情或看法。

關於生命的書籍或信仰五花八門，如果用強硬的二分法把之劃清的話，一派說的是無為，甚至捨棄，放下一切，順乎自然；而另一派則盡其所能奮發向上，奉獻一切，至死方休。有人殉於道，有人殉於藝術或科學，有人殉於其所執、其所愛。無論是決心不做，或決心盡全力去幹，都可算是各走極端。

所以如何最「確當」地「活著」有兩種說法：一種說法是：我活著，我自在；另一種說法是：惟有不斷奮發向上，我才算活著——這並不是兩種截然不同的人，而是每個人一直在尋求兩者的平衡，有時追求無所為而感覺自由自在，有時又覺得必須有所為才能修正改善自己的人生，一邊捨，一邊求。

與其說人類難於滿足，不如說人類在兩端都得到非常的卻又不可被另一方替代的滿足，善惡、陰陽、取捨、天使或魔鬼，於是我們遊走在兩個極端之間，掙扎存活。

今天我讀了一篇對上波長的文章，叮叮噹噹也不用細想就打下以上句子。

寫到這裡我就通了，我終於明白自己為何至今不跟從任何信仰，因為我從來不是一個極端者，只是一個一直遊走在兩端之間的人生過客。

如果你無法投向一個極端，就必須接受不斷被兩端拉扯，面對變化莫測的命運及諸惡諸苦，當你得到靠近某一端所帶來的喜樂，便同時承受著遠離另一端所帶來的憂患或遺憾。

在天堂的一端或地獄的一角都是止水無波的，究竟涅盤或化作塵、化作水也是靜定不驚的，就如一條繫緊兩端的繩子，中間起伏不定，兩端的繩頭卻都紋風不動。

然而人生之豐富正是因為變化，繩子不斷跌宕震動卻終於力盡而息，即使看起來並不安穩，也無法被自由意志所掌控，卻總算精采一時，不妨換個角度：閒得久了，就找些你認為對的事情拚力去做，做得累了，就不妨偷個懶，讓它慢慢地靜下來。虔敬的教徒都無法隨緣，他們必須持守很多事情，甚或要持守某種「我不在乎」、「目空一切」的高深境界，站在凝定的兩端置身事外，那兩端欠缺的也就是變化，他們是已經走出人生了。

隨緣是屬於平凡人的，那是一種平凡人才可擁有的看不破的幸福啦！

某年寫了一篇〈匆促〉：

門打開
世事匆促如常
有時候
我覺得已經超越了
有時候
我覺得還未

某老和尚年邁力衰，每天仍頂著大熱天在田裡耕種，徒弟問：「師父，你不是已看破一切，放下一切了嗎？為什麼還要這麼辛苦每天工作？」老和尚微笑：「因為我就在這裡啊。」徒弟又問：「但太陽好熱啊！」老和尚指一指太陽：「是啊，因為它也正好在這裡啊。」

嗯，就是這樣了，原來我一直在這裡，也沒打算離開，投向任何一邊的「彼岸」。

東郭先生台北遊記

初秋雨霏霏，東郭先生不甘做蘇武，遂捨牧出行，人生首度，挽妻台北遊。哀哉紐西蘭小綿羊，寂寞無人顧。駕幸寶島，弟子三人，其胖似豬，暴吃如狼，也曾倒楣如狗，如今真箇太中年；鞠躬相迎，隨侍在側，誠惶誠恐。插科打諢，返老還童，賣口舌之乖，嘻哈不絕。

聞寶島美食三千，不勝枚舉，豐儉由人，少金能吃，輒往，台南擔仔麵，日本霜降牛肉火鍋，紅爐小炒，清湯肥羊，山上野菜，海邊水產，大快朵頤。捧腹聚舊，眼花耳熱，細說少年疏狂，橫衝直撞，波瀾起伏，風流潦倒，可悲可笑，嘆息再三。往事如煙，回憶唏噓甚。幸師母在，看東郭先生，從容應付，男兒癡，輕便帶過，神仙侶，佳人長伴，賞風景，雅俗皆宜，感恩心，淡吃寡酒，知足樂，少肉多菜，莫逞一夫口舌勇，常懷愛妻溫柔念，魯莽弟子，大開眼界，服其能屈不伸，道行高超，由衷敬仰，跪低叩頭:p

回首向來，四天三夜，倏忽即過，言猶在耳，影已全無。每念師恩，常恐禮數不周，粗心待慢，今夜輾轉難眠，遂提筆以記，順頌安好。以上非一家者言，小章所聞，小明所見，小卓代筆。二○○七年九月二十四日，故人別去，不知再會何期，獨醉神傷。

輯3

旁觀者

暢銷的共同點

一項理論之成立，必須經過無數實踐的驗證，唯一例外是商業理論，你只要找到一個非常成功的案例，找到一家偉大的公司，就可以成立一條登堂入室的商業理論，甚至可把短短的幾句話，寫成洋洋灑灑十數萬字的一本暢銷書。

事實上，大部分暢銷商業理論的最大得益者，往往並非那些仿效該書內容去實踐於現實企業的讀者，而只是賺取賣書利潤的書商和作家而已。

如何反證？

二〇一〇年在金融海嘯洗禮一年半後，我們重讀過去五年內大行其道的商業理論書籍，你認真去讀讀吧，可有在讀另一世界之童話故事的感覺？

過去一年半以來，大部分企業不約而同使用的生存策略之二是縮減成本和直接裁員，但理論學者不會以此為題目成立理論，企業更不敢孜孜而談此「成功」之道：省錢不值一談，裁員更是討厭。生而為人，眾生平等，沒有人該被淘汰掉，所以無論提出何種方式的裁員機制或裁員理論，都必定遭人指責偏頗不公。

所有的成功勵志書籍也是一樣，最後的結論必然是：「閉嘴，咬牙幹下去！」

現實既然沒有值得歌頌之處，我們轉求於虛幻。

近兩年最好賣的書籍，是奇幻小說。

成立一項理論其實相當困難，推翻一項理論卻甚容易，只需要找到一個反例，一攻即破。

例如近兩年最好賣的書籍其實是村上春樹的《1Q84》，噢，不，我說，這也是奇幻小說。

近兩年最好賣的科技軟體不是Window 7，而是詹姆士‧柯麥隆（James Cameron）的3D《阿凡達》（*Avatar*），噢，不，我說，這也是奇幻小說。

近兩年最成功的企業案例是豬流感（H1N1）疫苗，噢，對了，這是犯罪小說，嗯嗯，對不起，法律不曾判它有罪，好吧，這是災難小說。喂喂喂，等等，幾個精明的政府，明知道這疫苗事件眾說紛紜、不清不楚，卻一面倒堅決支持下去，出錢出力，搞不好是被外星人侵蝕了大腦……

或許不是外星人的問題，二〇一〇年，豬要取代猴子支配這世界，於是表面發動豬流感瘟疫，暗地裡侵占各國政府官員的腦袋……

各國政府官員紛紛推出裁員理論：「打疫苗雖然有一定程度的危險性，但為了整體人類的安全，無法顧及極少數人的犧牲……只能表示遺憾，但沒有證據顯示疫苗本身有問題……而我們深信打疫苗是對社會前途有利的政策。」（代入「裁員理論」：裁員雖然有一定程度的爭議性，但為了整體公司的利益，無法顧及極少數人的犧牲……只能表示遺憾，但沒有證據顯示裁員本身有問題……而我們相信裁員是對公司前途有利的決策。）

這怎會不是一篇奇幻小說呢？

@@：記於二〇一〇年一月，各國搶買沒有明顯效用的豬流感疫苗，全球各國出現少數懷疑因打豬流感疫苗副作用併發致死的案例。反對豬流感疫苗者指出：臨床實驗及社會統計顯示，豬流感沒有比一般流感更高的致命率，豬流感疫苗副作用卻有一定比率上的致命性。

夕陽

這是一塊艱難的石頭
我們合力把它搬到山上
天空也在山上
如黃金色的海洋
我們迷失在海洋裡
沉迷於璀璨的夢

我們從夢中甦醒
打開紫藍色的小盒子
閃爍的悠揚樂曲
試奏起憂鬱的情調
你的獨眼將完全變灰
那是一塊艱難的石頭
我們合力把它藏進山裡

計程車驚魂

來台八年，每天以計程車代步，今天，是最恐怖的一次。

下午二時半，在民生東路、吉林路口洽公完畢，趕路回內湖辦公室開會。衝出路邊，眼角瞥見一台小黃，雖然一點殘舊，但心想也不能歧視人家個人車啊，何況路程甚短，就不要挑車啦，於是順利攔車登車。

車廂酷熱，像烤箱一樣，車廂內的氣溫應比街外更熱，大概攝氏三十五度以上跑不了。司機一頭凌亂的灰白髮，戴個古舊圓形鏡，狀甚潦倒，卻神態從容。

我衝口而出：「老闆，太熱了，麻煩開開冷氣。」

司機也不說話，低頭一陣摸索，冷氣機彷彿開始發動。

我也心中有事，於是一路無話。車行約三分鐘，向民權東路、復興北路口駛去，略有點塞。我眼角像瞥見有些東西在動，往左低頭一看，是一隻約一．五公分長的小強（蟑螂），沿沙發向我跑來。

天有好生之德，我剛吃飽不久，更不想一手拍出滿掌昆蟲內臟。於是我伸手在小強的前路拍打座墊，小強驚覺，瞬即回頭，我再用力一拍，牠就跌到地上，不知躲到哪裡去了。

心想不知還要跟這活小強同車相處多久，看看前方，車停在民權東路、復興北路口紅燈前數車之後中間線，低頭一望，看看小強跑到哪裡，駭然看見三隻小小強從前座湧向後座，向右方張望，更見數隻小小強沿前座窗邊急步掩至。

冷氣機呼呼直吹，車廂內甚為涼快，而我全身寒毛直豎，那一票兄弟，應該是藏在冷氣機糟內，當冷氣機發動，就全都跑出來了。

眼見勢頭不對，於是我以無比冷靜的語氣跟司機說：「老闆，麻煩前面靠邊下車。」

「老闆」沒有反應。

我把聲線提高八度以上：「請問多少錢!?」

司機以非常淡然的語氣回應：「一百一。」

我隨手摸到一百元給他，打開門從馬路中心衝出去。出門前，目測大概有十多隻小強和小小強把我包圍，而司機見我從車廂中逃出，似乎毫無反應。

至於我從馬路中心跑到路邊那幾步，大步飛奔不忘單腳小跳，惟恐有一隻小強仍掛在身上。

如果你一個人大白天坐計程車，突然冒出十來隻小強向你包圍，你就知道，這情景到底有多恐怖了。

台幣五十元的人格

做壞事分有心或無意。無意者，如好心做壞事或無心意外。存心做壞事，如非喪心病狂，則必定是心存僥倖。

心存僥倖者以為做了壞事卻可以逃過責任或懲罰，其實天網恢恢、眾目睽睽，這種行徑最是愚蠢不堪。

而知易行難，我們可能每天都在想、在做這種愚蠢事。

例如你可能一輩子只碰到這個人一次，占占他便宜，設法令他不翻臉也不反抗，然後揚長而去，你說妙不妙？

昨夜從敦南誠品去吉林路赴約，印象中不過十分鐘車程，一百三、五十元車資。

隨便攔了一台計程車，司機年輕友善而伶俐。

「先生去哪裡？」

「吉林路十四巷水戶日本料理。」

「不好意思，您知道靠近哪裡嗎？」

「沒有印象，你看哪邊近。」
「那我們沿吉林路找。」
「好。」

「先生您看來很累？」
「今天事情多，昨天沒睡好吧。」

「先生您幾歲？」
「三十八。」
「我比你小兩歲。您結婚了嗎？」
「結了。」
「都有小孩囉。」
「唔，七歲了。」
「我還沒結婚耶。」
我笑笑不說話（好想睡，他話可真多，我可不想當婚姻顧問）。
「都是我被女生騙……」
「你三十六歲啦，該你騙回去吧。」

「不可能啦……（後面一大串故事）」
我趕忙打一個電話，他只好閉嘴。

「先生聽口音是香港人？」
「是。」
「來工作很久了？」
「唔。」
「多久了？」
「六年。」
「你覺得菲傭、印傭、越南，三種工人有什麼分別？」
（聰明！由是非題改成數學題和選擇題。）
「我沒有用過工人。」
他繼續發表見解，丟出問題，友善而興致勃勃。
奇怪他為何對我如此感興趣，而我都冷漠地懶得回答。
獨腳戲逐漸不成戲。
老實說我已經沒有氣力應付他，視線轉到窗外，終於拐進吉林路。
吉林路四四〇號！

四四〇號！然後很暢順的一條直路抵達吉林路十四號。

走了二十多分鐘，兩百零五塊！

我丟下兩百塊，一聲不響離去。對於這種小額的吃虧，我通常會很在意，卻不會太計較。

在意，因為覺得做這種事的人很愚蠢。

不計較，因為：

1. 不值得為了幾十塊和人動氣，亂了心情，尤其後面我還要笑面迎人。

2. 我可能一輩子只會碰見他一次，這次之後，他無法再讓我改觀。

3. 他多賺了五十元，而我僅多付五十元，就買走了對這個人的尊重，兌換成對他一輩子的鄙視。即使用一百萬元去買一個人的人格，還是便宜。五十元買一個人的人格，太便宜了。

計程車司機

很多喜劇泰斗在他們變成天皇巨星後就不再好笑了，因為他們已成為城中富豪，與基層生活脫節，無法再引起大眾的共鳴。三十多年前看許冠文或十多年前看周星馳，只要他一個表情、一個動作或一句對白就令你捧腹大笑，笑到呼吸困難、淚眼汪汪仍無法停止；如今再看他們的新作品，再無法令你如此狂笑失控，但他們總算曾經陪伴過你歡樂成長，捧場是為了懷念，只好把笑點降低，遷就一下那些充滿隔膜又有點造作的蹩腳笑話，算是對昔日偶像的不離不棄。

脫離群眾等於脫離市場，笑星的表演不再好笑，生意人的觸覺也不再敏銳，官員更不可能真正了解民生疾苦。

在台灣獨來獨往，長年出入習慣使用計程車，每天最少兩、三趟，有時候五、六趟。台北市滿街都是「小黃」，伸手即有，方便又便宜，更可跟計程車司機聊天，訓練口語，聽司機爆料，了解社會狀況，增廣見聞，比民調或旅遊指南更精準百倍。

在台北遇過無數計程車司機，千奇百怪，有些天才橫溢，有些陰陽怪氣，大部分親切熱情。經常坐短途車，跳錶新台幣一百零五元，司機中十之二、三會免收那區區五塊。

曾遇過一位業餘相聲表演者，聲音宏亮，談吐充滿戲劇性，他說他的專長是數來寶，彈指即可打出伴聲拍子。說到高興處，他兩手舉起打拍子數來寶，方向盤無人駕控約八秒，在街道上繼續飛馳，我一邊聽出耳油，一邊嚇出膽汁。又遇過一個台視《中國民間故事》的演員，他在車廂裡展示自己過去的劇照，更有與林青霞、翁倩玉等合照者。指著一張西遊記大合照，他說後來《中國民間故事》改為《台灣民間故事》的台語劇，他們這批外省口音的老演員就各散東西，他這個唐三藏跑去開計程車，沙悟淨氣死了，孫悟空不知所終，豬八戒在當水電工，蜘蛛精在基隆廟口賣小吃（如果有誤，就是我記錯了，但大意如此）。

聽你說得一口廣東腔，就問你是否來自香港，跟你大談香港經驗，眉飛色舞。曾遇過不少司機，說到自己當年如何風光，如何卻因十年前的金融風暴傾家蕩產，最後淡泊江湖，駕車為業，有些仍憤憤不平，有些眉宇間都是唏噓嘆息，有些卻早已看破紅塵了。台北幾乎每天塞車，我卻因此多聽了不少故事。

甚至交了一些朋友。

五年前認識一位「鄭司機」，熱情開朗，說話滔滔不絕，駕一部Toyota Wish

的七人座車，車廂內外打擦光潔明亮。原來那年台灣雙卡風暴後計程車生意淡薄，鄭司機窮則變、變則通，因車廂夠大，又可多坐兩人，於是接載婚紗外景攝影及大台北旅遊服務。台灣的motel裝潢獨特而優雅，那年頭流行在motel房間內拍攝婚紗照片，惟motel規定不許多人同時入住，更不許室內攝影，於是鄭司機把攝影師藏在後車廂，協助客戶們偷偷潛入，完成拍攝工作。鄭司機更將台北名勝及歷史熟讀於胸，帶領遊客暢遊陽明山，乃至九份、淡水、基隆，談笑風生，讓我們這些討厭旅行團卻需要自由行嚮導員者開心不已。

第一次相遇後，鄭司機順理成章當了我的自由行領隊，每有外地朋友過來，五、六人以下，就請他接待。老友潘大小姐從前是個大美女，如今也不失是個靚師奶，每年總要來台灣兩、三次，吃喝玩樂、做SPA什麼的，每次必找鄭司機接待，後來更應邀跑到台南吃他娶媳婦的喜酒。

最近遇到一位「乾隆王」，他真名就叫王乾隆，熱情親切，卻頗有領袖之風，交遊廣闊，接單總不忘關照老友，想登山就介紹登山領隊。談起來原來是鄰居，就住在我家旁邊的公寓四樓連陽台，偶爾會上他家泡茶聊天。

說起奇怪的名字，有一位司機叫「闕聰明」，曾坐他車好幾次，一次大膽問他：「老闆，你這姓真不好取名字啊……」闕兄也灑脫，淡淡一笑：「夠聰明就不用開車維生啦。」

台北南京東路五段橋下近迴旋處有一家「司機俱樂部」，傍晚營業直至天亮，有時候晚上無聊或喝醉了就跑到那店，吃碗滷肉飯，切幾個小菜，到隔壁店買兩瓶冰凍啤酒。來客十之五、六是計程車司機在此歇腳宵夜，偶然碰到相熟的，互相問個好，甚至坐下來大口啖飯、談天說地，另有一番樂趣。

旅南活海鮮

旁觀者

他小我十天，死了
我不認識他
不認識為他傷心的任何人

她仍在傷心，她在求救
無人足可慰問
我不認識她
不認識為她擔心的任何人

我並不屬於
他和她的兩個世界
一點關係都沒有

講成語

有沒有發覺：只有男人喜歡引用成語或俗諺？例如一個女人被她沒出息的男人氣得哭了——

男人：你們女人就只會哭……，你知道什麼叫英雄流血不流淚嗎？

女人：老娘哪個月不流四、五天血，全部加起來足夠淹死你。

男人：（沉默十秒）那怎麼相同？我們流血是為了慷慨赴義，拋頭顱，灑熱血……

女人：我們流血是為了不流血，不流血是為了生小孩，你不流血時能做出什麼好事來？

男人：（沉默二十秒）女人就是眼中藏不下一粒砂子，肚裡卻可以藏下一個孩子，甚至超過一個。

女人：你的肚子大得跟大肚婆一樣大了，除了啤酒外，卻又藏得下什麼？

男人：（沉默三十秒）宰相肚大能撐船……

女人：能撐船有什麼用？這年頭哪個宰相不是隨時準備提早打包的？

男人：（沉默，繼續沉默。心裡想：唉，真是好男不與女鬥。）

女人：（委屈，氣得眼水汪汪……）

@@：延伸性思考

1. 男人喜歡找成語，女人直接講事實。

2. 大部分成語，應該都是男人發明出來的。

3. 男人在爭論中引用成語，是潛意識在尋求另一個男人的支援。

4. 愈沒出息的男人，講話愈多成語，因為他要尋求更多男人的支援。

5. 為了引用恰當的成語，男人需要更多沉默思考的時間。

6. 如果話題一再重複，表面是女人死抓不放導致的，實際是男人一直企圖含混過關造成的。

7. 身為男人，為什麼我會寫出這種結論……

當然為了討好女人。

討好男人，是不需要用寫的。

抄襲

先從一套掌法講起。

話說某天我發現了一套掌法，叫做小人七絕掌，且公開其中二式：

小人七絕掌第一式：閃左手，打右手。

舉例：你告某人抄襲，舉出七條證據，他絕口不辯，然後反告你在他寫過無數次「他」、「馬」、「的」後繼續使用，抄襲了他七百萬次，居然「做賊喊捉賊」，向我誣告！

小人七絕掌第二式：八婆照鏡，有樣學樣。

如果你反告我抄襲七百萬次，我也若無其事閃開，絕口不辯，然後反反告你抄襲我七千億次，其中大部分是逗號和句號。

言歸正傳。

我個人非常注重著作權和知識產權法，但在法律是維護大部分人利益、維繫世界和平的大前提下，最大的例外是知識產權法，這法例不存在客觀性，只維護極少數人（依靠專利權獲利的人，在全球數十億人口中屬於極少數）的主觀利益。

何謂主觀利益？

簡單說，過去二、三十年來，全球無數人都抄襲麥克・傑克遜（Michael Jackson）的M舞步，為數不少是從事演藝專業的表演者，包括知名華人歌手姓杜和姓郭的，麥克・傑克遜當然有權告他們抄襲，但他沒有，因為這種M舞步流行對他有利，也不會有人願意付錢買他的M舞步版權進行公開表演。

另一邊廂，使用M軟體或發明類似M卻不是M的軟體，直接影響既得利益者的銷售，苦主引用知識版權法索償，抄襲者後果嚴重。另一例是香港當初有一《蘋果日報》，和近年在台南地區走紅的蘋果廣播電台，因品牌名稱及商標使用「蘋果」而被另一國際大品牌狀告侵權，嘩！幸好兩狀均沒告贏，否則下一步就是把《聖經》〈創世紀〉中夏娃偷吃的蘋果改做芭樂了。

再來，在窮社會因為普遍市民無法支付正版著作卻渴慕知識，於是抄襲版、山寨版、直接影印本、冒名改裝本一堆，原創人考慮告他抄襲，贏了也無法獲得優厚的金錢賠償，乾脆任其翻版，打響自己在新市場的知名度。過了幾十年，窮社會變成開放新市場，那些冒充版本如再輕舉妄動的話，必被告到破產。

明明是抄襲，原告人愛告即告，不愛告即不告，那不是主觀利益是什麼？

既然抄襲只是個人的主觀利益問題，則無所謂對與錯，抄襲無非為利，告人抄襲者也無非要保障自己有利或讓對方失利而已。所以主觀利益是不存在客觀性的，都是個人主觀認定，但一樣米養百樣人，每個人心中各有一把不同的尺。

中國古代，讀書人大部分有傲氣，是不屑冒名抄襲的。有些卻故意擺明抄襲，是為了景仰原創人，表示敬慕或追思。抄了也懶得註明，因為你不知道我是抄的，是你讀書不夠多。李白的〈登金陵鳳凰台〉就是抄崔顥〈黃鶴樓〉的寫法，而鮑照的詩，李白更是整句整句搬字過紙。李白號稱謫仙，即「神偷」，謫別人之佳句而成自己之佳篇，推陳出新，沾了別人的光，作品卻也毫不遜色，甚至青出於藍。但如果要告李白抄襲，李白十條褲子也必定賠光。

古人先求名後求利，作品被抄襲只感到榮幸，因為某人抄我，只會讓我更有名，也深信抄襲不及原裝好，文章求知己，知己不會是不識貨的盲毛。

一個學生公開比賽獲小說獎，即被某年輕作家告抄襲，原告人意氣風發，大條道理，看穿了，不就是大人欺負小孩。

一個人讀了影響自己深遠的書，潛移默化，寫出來的東西情節、結構和意義若有雷同，那是相當平常普遍之事。大部分流行電影作品，都如改編自世界經典名著或某些二三四流小說或漫畫，而近年大部分流行小說作品，也都如改編自世界經典戲劇或某些二三四流電影。要告抄襲，把那年輕作家出版過的小說逐一解拆，情節推進、人物性格、語言風格等，比對在他之前的幾萬億本世界各地之前人著作，必可找到一本八成相似者。中學生只差沒有學習香港電視台行之有年之迴避法律聲明，寫在小說之前或小說之後：「本故事純屬虛構，如有雷同，實屬巧合。」精於抄襲從中取利之人，反而都懂得這招。

再次重申：我不是贊成抄襲，只是討厭別人濫告而已。想想那幾個首先使用「他」、「馬」、「的」和逗點、句號的原創人，多年來他和他的後人失去了多少知識產權權利金？

想起倉頡……，如果當年就有專利法，他的後人就發過豬頭了，或大家付不起錢買中文版權，全體中國人改用英文！

基本精神

將一門學問一路深研下去，不一定更靠近真理。如果脫離基本精神，動機誤差，即使事情開展正確，到最後往往出現歧異，然後漸行漸遠。

我首先想到的是教育。如果十多年免費教育的基本精神，是要訓練一個無知的孩童變成一個身心健全的青年，在社會上立足的話，中學的課程應加入法律、本國政府管治制度及其精神、理財和保健。如果要填鴨式教育，就請他們死背所有法律條文、國家制度及其精神、理財工具的計算方式、可能性虧損風險、所有常見疾病的病徵和保健智慧，甚至簡易邏輯訓練也可以幫助思考、提防被騙，那總比研究一隻蝴蝶有幾隻腳、該列入哪一類？如何解剖一隻青蛙或如何計算微積分，死背世界各國歷史地理、化學方程式等，要有用得多。顯然，現在的教育，是方便考試評分評級，而不是教育小孩如何獨立生存和參與社會的，這比一隻虎、狼、鷹或貓、狗、雀給予牠們孩子的教育或訓練，都相差極遠。當然，我可能完全誤會了教育的基本精神了。

另一個簡單的舉例是父子騎驢，基本精神是因為兩個人只有一頭驢，兩個人要節省氣力走到目的地，所以同騎驢子代步。重點後來轉移，變成怎樣做是對三方面的某一方面是最好的或最不好的，而父子陷入道德和社會價值的迷思，忘記了事情的本質或基本精神。

比較複雜的舉例如下：

我們處決一個殺人犯，因為他在心智清醒的情況下剝奪了另一個人的生存權，他應該對等地賠走他的性命。

然後有人出來捍衛：沒有人有權力剝奪別人的生存權，只能判以監禁。

於是好死不如歹活，那人判了三十年，偶然逃脫或獲大赦或最終刑滿出獄，再犯一次，換來另一條命被剝奪了。

還是把他殺了吧！

不行！他再殺一次人，你也還不是上帝，沒有人有權力剝奪另一個人的性命。

好吧，殺人者不用賠命。但要把他閹掉和刺瞎，他繼續生存，但大大減低了生存權利（以賠償受害者）和再犯罪的機率。

不行！這是虐待囚犯。沒有人有權力剝奪另一個人的健全生存權利。

但是他先行剝奪別人的生存權利啊？而且已經是第二次了！

我不管！把他再關三十年，他應該不會犯第三次了。

厲害！聰明！好吧，都依你。殺人者最少要處分三十年以上的囚禁，我記下了。但，如果是搶劫傷人呢？如果是連續強姦呢？我可以斬下他的雙手或把他閹掉嗎？

不行！這是不人道的。我不是跟你說過：沒有人有權力剝奪另一個人的健全生存權利嗎？你憑什麼這樣殘害他？

但這是他先殘害別人啊！

不行！既然連殺人犯都獲得「赦免」，可以健全地生活在牢獄中，為什麼次級罪犯反而受到更嚴厲、更殘酷的懲罰？我們還是尊重基本精神吧。

基本精神嗎？我們的基本精神本來好像是「一個人如果剝奪了別人的權利，他應該做出對等的賠償」吧……

已經不是了。而且我跟你說，在未判罪前，嫌疑犯是被假定無辜的，他必須受到公平的對待。

無問題。這個當然。

公平的對待包括他必須在公平正義的法律程序下接受審判。

無問題。這個當然。

所以現在我的當事人在不正當的法律程序下被起訴，我們抗議沒有受到公平的對待，請你判決我的當事人無罪釋放。

喂，審判的基本精神是審判和懲治罪惡，不是處理程序啊。已經不是了。而且基於保障我的當事人的利益，我們有理由相信下一次審判不會公平，請頒布永不起訴令。

喂喂喂……你……你……你……好，這個我不起訴，我要起訴另外兩個。

我的另外兩位當事人，一個基於特殊身分，目前不能被起訴，另一個生重病，隨時會死，所以要請假不到庭，先前的十九次請假，你不是都按程序批過了嗎？這一次，不可能有問題吧。

喂喂喂……你……你……你……

最後我懇請閣下把最後這四句對話刪除，不要列入法庭紀錄，因為口吃有壞司法形象，老兄，我是為你好啊！

@@：我們的司法制度或所謂公義，最後被程序閹掉，詳請參考香港或台灣曾發生過的諸般重大案件。至於基本精神嗎？唔唔……已經不是了。

本人不激烈堅持謀殺犯或重案罪犯（尤其連續犯）必須判死或判被殘害，但無法接受罪犯以程序脫罪，且永不起訴，無論是何國的法律，這應不是司法的基本精神吧？

每個人心中都有一個故事

每個人心中可能都有一個最重要的故事，寫完了，就不想再寫下去，如果人生再無新體悟，創作生涯極可能就到此為止。

李白一生的詩豪邁不羈，只因人生一直沒有突破，無法在事業上轟轟烈烈大幹一場，所以只能在詩篇裡痛飲狂歌，飛揚拔扈，往來回復，一次又一次。

記者訪問名藝術家，哪一部作品是他最滿意的作品？藝術家皺眉：「我心中滿意的作品還未出現。」那應該是真話，所以他還是努力不懈的嘗試。後人視之為佳句，鸚鵡學舌，如今已變成例問例答的行話。

最近換了一個角度看書、看電影，看原創人心中想說他最重要的故事。

把《阿飛正傳》、《花樣年華》、《2046》三部片一口氣看完，大概就看完王家衛了。若嫌不足，可看看《旺角卡門》和《東邪西毒》，但《旺角卡門》是迎合當年英雄熱潮的商業作，又是王家衛的初出道作品，基本上導演無權說自己的故事，而這個別人的故事更像吳宇森《英雄本色》的延伸，換成劉德華、張學友的古惑仔街頭版。《東邪西毒》補白了《阿飛正傳》的虛無，但受限於金庸小說樣版人物的框架。

金庸小說的精華處，除種種俠客豪情、人生奇遇和男女間的愛恨糾纏外，最重要還是那「俠之大者」的英雄氣節。那可能與金庸當年辦《明報》的理想也有關係。當年金庸寫《書劍恩仇錄》和《碧血劍》，只隱約有個譜，寫到《射雕英雄傳》和《神雕俠侶》，漸見鮮明，都是一廂情願為國為民拋頭顱的俠之大者，到《笑傲江湖》，影響國家興亡的俠之大者戲碼變成不羈浪子對抗權力分子，諷刺政治權力鬥爭之陰險和虛偽，到《天龍八部》，其實金庸要寫的都寫過了，全部又再炒成一碟大匯串，換一個時空來個作品總結，到《鹿鼎記》又把所有價值觀物極必反地倒置過來，成另一部經典。到《鹿鼎記》，對抗政權變成認同政權，甚至出盡八寶弄權，不用武功和兵法，卻天翻地覆了國家和江湖，創作高手都懂得玩這一合一反的招數。

我又不是搞文學研究的，隨便說說而已。但作為金庸小說迷，十二歲起重複看了近三十年金庸後，最後的習慣是射雕、神雕、笑傲、鹿鼎記，大概每兩、三年一個循環，以此順序看一遍，就等於溫習了金庸了。偶然時間充裕，會在射雕前排書劍，神雕後排倚天，最後百無聊賴，才會在《鹿鼎記》前排一次《天龍八部》。基本上讀書劍和倚天只為重溫那些活靈活現的招式和樣版人物，重溫童年時期的想像。至於《天龍八部》，就是炒雜菜，什麼都有，脫不了前作的框框，只是在不同時代以高超的筆法技巧重寫一遍。近年閱讀金庸，主要為引證小說及編劇技巧，看他不同的說故事筆法和結構，是愈讀愈挑剔了。

按此順序，射、神、笑、鹿，大概就把金庸讀完了。金庸擱筆，殊不可惜，一者金庸不需要靠寫小說賺錢吃飯，二者心中的故事既已寫完，再提筆也索然無味了。

同樣的，大概三年看一次《豪俠》，兩年看一次《英雄本色》和《喋血雙雄》，心血來潮看一下《奪面雙雄》，吳宇森的「那個故事」大概就是按此順序看完了。吳宇森作品的精華處，是那種惺惺相惜，只要認同對方就可以為對方拚命的激情，那不是俠義，只是一種俗稱「兄弟仗義」的朋友犧牲精神，然而不是寂寞的高手，不會如此重視惺惺相惜的知己朋友或陌生人，不是倒楣過的人，不會感念朋友捨命相陪的激情豪氣，所以最好看的是《英雄本色》，因為朋友倒楣的時候，另一個更倒楣或有難言之隱的朋友會不計較自己得失來出手相挺，即使親弟弟不諒解，還有「兄弟」諒解，甚至拚了命來幫忙。《英雄本色》的故事骨幹取自前輩龍剛的同名電影，但最吸引人處是豪哥和Mark互相「仗義」犧牲的激情尤甚於親兄弟，在吳宇森更早期的古裝武俠片《豪俠》中的浪子殺手（劉松仁飾），活脫就是Mark的前身，而這部分也是吳宇森最要告訴觀眾的「朋友價值」。

《喋血雙雄》更進一步強化了惺惺相惜和為朋友（兄弟）仗義出頭的情誼，不需要數十年的交情，李鷹是警察，卻因為追捕殺手小莊而起惺惺相惜之情，化敵為友，進而為小莊拚命兼殺人（如果只為執法和自衛，他無須在結局時汪海已被捕，他卻違法當眾把汪海槍殺）。「兄弟」仗義更見於小莊的經理人四哥，明明已把小莊出賣了，卻又為了這個相交幾十年的知己好友拚了命把錢討回來，小莊更為了好朋友四哥的尊嚴而親手射殺了他（小莊親手殺死四哥的場面感人而壯烈，當年視為經典，回味再三，後來發現類似的劇情及角色關係早見於王晶導演一九八二年第二部電影作品《獵魔者》，狄龍親手槍殺遭敵人暗算垂死的戰友羅烈，只是吳宇森的鏡頭運用及周潤發的演技更令人動容而已）。

把《豪俠》、《英雄本色》和《喋血雙雄》一口氣看完，你可能會像我一樣發現那獨特的東西：吳宇森鏡頭下主角的朋友價值，其獨特猶如金庸筆下的俠客精神。至於《奪面雙雄》，是《鹿鼎記》一般的變調，惺惺相惜的最終結果是乾脆變成對方，把所有價值觀倒過來，情變成仇，交換視點，製造矛盾，成另一部佳作。看夠了這四部戲，再觀看《赤壁》上、下集，盲眼人也聽得出後者缺了些什麼。吳宇森的電影缺了吳宇森的朋友價值，卻沒有新的精神元素加入，那就不能算是一部吳宇森電影了。

喜歡吳宇森的人，只要看完上述四部電影，其他都不那麼重要了，如嫌不夠，可看看《縱橫四海》和《喋血街頭》，但前者只是信手拈來，遊戲之作，後者劇情則擺脫不了《獵鹿者》（*Deer Hunter*）和《美國往事》（*Once upon a Time in America*，港譯《義薄雲天》），連片中梁朝偉的演繹方式，也活脫像勞勃・狄尼洛（Robert De Niro）的乾兒子。

我的心中也有一個故事，希望某天能把之拍成電影。

阿飛正傳+花樣年華+2046

如果對王家衛有興趣的話，不妨花點時間做個實驗，把《阿飛正傳》＋《花樣年華》＋《2046》一氣呵成連續看，那感覺會相當過癮。

《阿飛正傳》是一種年輕的宣洩，一班年輕人看似無無聊聊地各自消磨時間，結果把生命也消耗掉了。

每個人可能都經歷過如此奢侈的消磨，每個人背後都可能有過一段rock n roll的歲月。

你消磨過嗎？

《花樣年華》是一次淒美的遺憾。他們沒想過卻最後還是開始了，他們各自尋找、等待過對方卻分別錯過了，他們最後沒再聯絡，擦身而過，互相懷念對方。

每個人可能都經歷過類似的遺憾，如果男的再積極一點，或者女的猶豫少一點，故事可能就不一樣了。

你遺憾過嗎？

與其說《2046》是《花樣年華》的續集，不如說是《阿飛正傳》的續集，這套電影其實只有半套就講完了，科幻火車的部分都是蛇足。每個阿飛可能都有一件刻骨銘心的遺憾事深埋心中，而他卻更積極地裝作不羈，向前望，不回頭，讓更多女人不斷擦身而過，覆蓋最底層的傷口。直到懷念只剩下一些片面的影像，而我也不再是昨日的我，但一種孤獨疏離的感覺，依舊纏在身邊縈迴不止。

你不羈過嗎？

看完三套電影，你可以肯定《2046》留了小鬍子的周慕雲，其實就是《阿飛正傳》最後兩分鐘在閣樓梳頭穿衣的斯文阿飛，或老阿飛，這兩個梁朝偉除了一撇鬍子外，神韻是貫徹的。從一九九〇年上映的《阿飛正傳》到二〇〇四年上映的《2046》，相隔十五年，導演心中那個六〇年代的故事才終於講完。

半夜酒醒，把《花樣年華》和《2046》看了一次，天亮了。中午睡醒，再把《阿飛正傳》和《2046》連續看一次，想起了很多曾經在我身邊擦身而過的人物。

阿凡達，兼談賣座電影

這年頭，只能賣碟的電影比賣座電影多得多，即使熱愛電影如我，多年來每年進出電影院不會超過二十次，今年的十二月，按目前時間表，卻最少破天荒要入場五次，才看罷《十月圍城》優先場，隨即看了《阿凡達》首映，這個月對自己的眼球實在寵愛得有點太過。

從賣座片的條件談起。

沒記錯的話，兩年前的香港電影金像獎頒獎典禮上，陳可辛憑《投名狀》大獲全勝，當時他的領獎感言有一句：「我想了很久，這是讓觀眾願意進入戲院的唯一方法。」（大概如此）陳可辛這句話，我也想了很久，然後看完陳可辛人人電影的創業作《十月圍城》，更明白陳可辛的「唯一方法」成功賣座配方：

1. 明星陣容——捧明星場，當然要進電影院。

2. 官能刺激（千軍萬馬、一氣呵成的打鬥、數碼特效等）——大屏幕精緻畫面加上高效能環繞立體聲專業音響，是最高享受。

3. 大場面大製作，例如在一塊空地上憑空打造一個一百年前的小香港——觀眾付小錢進場，看到此電影製作單用看的表面上就花了上億元的大錢，立有小巫見大巫，值回票價的感覺。

如果這是陳可辛製作港片能令觀眾甘心付費入電影院欣賞的成功配方，好萊塢的夢工場當然更有能力炮製劑量重十倍的超級票房特效藥：

1. 明星——更多的明星不及一個全球賣座冠軍兼奧斯卡金像獎電影導演十二年後的「復出」作品（繼一九九七年《鐵達尼號》（*Titahic*）後）。

2. 官能刺激——全３D創新立體效果，真人與模擬數位特效畫面毫無瑕疵的配合，前所未見的新奇場景和造型，緊張刺激的原始人部落擊退高科技戰隊的慘烈戰爭場面。

3. 大場面大製作——更大的場面，都及不上從零打造一個全新的星球，人心嚮往的美麗世界，高成本之外，更是創意無限。

為了看詹姆士．柯麥隆潛伏十二年後的傾力之作，為了看何謂劃時代的3D Fusion攝影機技術，管他什麼劇情、什麼類型的電影，很早很早以前我就下定決心要盡快一窺堂奧。從《魔鬼終結者》（*The Terminator*）到《異形》（*Alien*）到《鐵達尼》再到《阿凡達》，我對這個導演的期望一向不高，看《阿凡達》，只要給我一百六十分鐘的官能刺激，加上能滿足我對電影新科技的好奇心就夠了，是的，我要看《阿凡達》的動機其實很淺薄，人生何必事事太艱深。

然而《阿凡達》給我的，卻遠高於我的期待。

阿凡達（Avatar）

阿凡達的意思就是「化身」，科學家們以自己的DNA與納美人混血，培育出自己的化身，外型及身體素質完全與外星人一樣，靈魂則透過高科技由人腦及全身的交感神經全面接合，用俗語說就是移魂大法，把自己的靈魂轉移到化身身上，利用化身的肉體行動。某科學家猝逝，為了不要浪費了化身，找來DNA與之吻合的孿生兄弟傑克來接替，傑克是一個半身殘廢的退役軍人，任務是臥底到納美人的部族中刺探軍情，以便發動進攻或勸說這班土人離開，因為他們的巢穴位於價值連城的礦藏之上，地球人要謀奪這些資源。

傑克以阿凡達這化身學習融入納美人的生活，與納美族的公主談戀愛，陷入身分的迷茫：醒來時是一個殘廢的臥底小兵，在化身中卻是身手矯捷的戰士；醒來時困在控制室，遊走於科學家司令與軍人司令的不同工作要求，在化身中卻逍遙自在地體驗大自然的美好，發揮自己全身的力量，與公主繾綣情深。最後傑克決定當納美人，而把全心掠奪的地球人驅離這星球，展開一場原始人以弓箭及飛禽走獸大戰高科技陸空軍隊的世紀之戰，打到天花龍鳳，目不暇給。

顯然，這是一部奇幻童話。如果單純以看童話的心態看此片，你已可獲得觀看任何一部迪士尼卡通的娛樂和滿足：好人打敗壞蛋，狗熊吐氣揚眉，有情人終成眷屬。賣座祕方之四：老幼咸宜，留心看你會發現，此片連半句粗話都沒有，大家的用語都盡力溫文。

近年流行奇幻故事，似乎我們這一代的大部分人並不喜歡目前既荒謬又殘酷的現實社會，而積極尋求即使短暫、即使明知是假的短暫慰藉，於是奇幻題材大行其道，除電影外，還有各類型小說，從由小說出發的《哈利波特》（*Harry Potter*）的巫師世界到《暮光之城》的吸血鬼世界，或電影中的古代武俠世界到外星人的未來世界。站在製作人的角度，我們憑空想像這些場景的時候，並不曾有過類似的真實體驗，結果拍出來往往破綻百出，從《2012》到《第九禁區》（*District 9*）到《十月圍城》都有明顯不合常理、不近人情得幼稚可笑的劇情或畫面破綻，然而《阿凡達》卻塑造了一整個近乎完美的奇幻世界：潘朵拉星球。

潘朵拉（Pandora）

這個潘朵拉星球是個美妙動人的世界。要憑空造個亂石嶙峋的外太空星球有何難？深一點的黑色或淺一點的咖啡色和藍色，再打些偏紅黃光，幾筆畫完，成本有限。潘朵拉星球繁花妙草，浮山仙泉，飛禽走獸，七彩繽紛，具體而微。據說詹姆士・柯麥隆花了無數心血去創造這個世界，包括語言、環境、文化和各種動植物，合成一部三百五十多頁的潘朵拉百科全書，展現到觀眾面前時，就是一個能自圓其說、令人信服的美妙天地。一個奇幻優美的仙境，透過3D立體效果讓你仿如置身其中，你完全領略到這個3D Fusion的攝影技術所能產生的實在效果，並不是刻意弄隻猛獸、弄部飛機或弄塊石頭跳出畫面迎面嚇你一跳，而是讓你完全投入在這美麗新世界中真假難辨。納美族人膜拜的不是天父而是地母，一個稱作「伊娃」的大地之神（是否與《舊約聖經》〈創世紀〉中的Eva雷同不得而知），從科學家的角度，這星球的土地上樹木間積聚大量的能量，遍佈整個星球，如一個全球連線的互聯網，從納美族人的角度，伊娃連繫了大地上所有的生靈，人與動植物與土地是一個共同生命體，彼此愛惜，互相聯繫。納美族人獵殺動物為食糧，感謝動物的肉體變成自己的食物，同時祈福超昇動物的靈魂，展示對大自然生命的尊重。族人的髮尾像USB可與動植物連線，彼此感受對方，結為伙伴或用心交流。這是一個善良而完美的大自然世界，所有生命共為一體，彼此珍惜，甚至到最後共同對抗地球的高科技侵略戰隊。這是一個比孔子所說還要更高層次的真正大同世界。這星球叫做潘朵拉，你知道什麼是潘朵拉的盒子嗎？它的含意是「希望」。

完美的數位合成技術，讓你對眼前景象真假難辨，即使在同一畫面上一再細看，也無法分別出哪一部分是真人實物演出，哪一部分是特技合成，哪一些是實景，哪一些是電腦繪畫。如果你看得夠投入的話，你會發現技術面的所有優越性只是輔助，那篇奇幻童話也只是輔助，詹姆士・柯麥隆這套電影的精神是要表達一個他的「希望」，他的理想世界，一個全星球所有生命互相維繫連結的生命共同點，一個尊重自然、回歸自然與自然融合的生命模式。除此之外，更有趣的，你可以發現詹姆士・柯麥隆大發牢騷，從傑克的口中說出來就是：「劫掠必先製造敵人。」「人類令地球沒有樹木。」或從性感女空軍（蜜雪兒・羅莉葛茲Michelle Rodriguez飾演）口中：「我當兵不是要幹這種鳥事。」「你以為只你有飛機？」從畫面上，則可以看到一些刻意的種族安排，例如美國高科技戰隊被「納美土人」以弓箭和飛禽走獸打得落花流水，納美族人的言行形態讓你想起誰？我想印第安人大概會看得眉飛色舞吧。反美的種族則是新仇舊恨看得超爽。而如果大家夠細心的話，會發現那支劫掠任務的傭兵隊伍中，好像沒有一個是黑人。

由此你也可以發現第五個全球賣座電影的元素：讓美國人看外星人，同時讓不喜歡美國人（尤其不喜歡美國白人）的觀眾目睹美國（白）人戰敗。

總括而言，這是一部最佳技術電影，技術優美，旋律動人，情操高尚，沒有一部數位特技電影拍得比《阿凡達》更真更美，看過後回頭想想《2012》和《第九禁區》，從特技到故事俱不過爾爾，《風雲》就更別提了。電影技術的確自《阿凡達》又跨進了一大步。

有人說３Ｄ是未來趨勢，最大好處是防止別人現場盜版。太幼稚了。只要是值得偷的，只要３Ｄ電影真的夠流行，自然有人會發明３Ｄ盜版攝錄機，自然有人會推出３Ｄ電影家庭影院。

這部電影最大的貢獻是技術上的，正式帶領全世界步入立體電影的年代，而不再是隨便用三台機器拍偏一點，再架起副左眼紅、右眼藍的膠片眼鏡，就以為自己在看３Ｄ了。

愛美麗的今生

想到這個傳奇女人：Emily Dickinson。

她三十歲後開始過隱居生活至死，平常愛穿白色素袍，當然，她有花不完足供基本食用和聘僕人的錢，過的是純粹閱讀和寫作的隱士生活。

後人對她的評價：是一種絕對的孤高寂寞，還是一種空谷幽蘭的雅致？我認為她的生活方式是一種俗世人可望不可及的純粹美麗，故把她的名字翻譯成「愛美麗的今生」。

愛寫作的人也不一定喜歡做成名作家。成名作家寫文章要考慮市場，她一生寫了約一千八百首詩，不拘一格，寫完就隨手丟到抽屜裡，偶爾以匿名發表，直到死後才被親人全部整理出版，而她則成為了在文壇舉足輕重的已故名詩人。

愛寫作的人不一定需要讀者，這樣寫啊寫的，久久之後回頭一望，亦一樂也。

小學時寫下的拙劣文章，至今捨不得丟掉，每兩、三年不知從哪個角落突然又發現了它們，從頭讀起，認識了一個從前並不見得真正認識的自己。是一種非筆墨能言喻的懷念和感觸。

回說「愛美麗的今生」，我最喜歡她這首詩，那是一個隱士的境界：

I'm Nobody! Who are You?

by Emily Dickinson

I'm nobody! Who are you?
Are you nobody, too?
Then there's a pair of us - don't tell!
They'd banish us, you know.

How dreary to be somebody!
How public, like a frog
To tell your name the livelong day
To an admiring bog!

「nobody」很難翻譯，坊間譯本無法令我滿意。完整的說法是「誰都不是」，有翻作「小人物」的，但小人物總還是個人物，尚不夠卑微，有翻作「無名小卒」的，但「小卒」的男性之味道太濃。外文詩大部分不宜直譯，保留語境，試譯一次：

嗨，我微不足道。你是誰？
你也……微不足道嗎？
這樣，我們就成了一對——不能說！
他們會驅逐我們，你知道的。

做個人物多沉悶！
像隻青蛙，多庸俗！
整天到晚去介紹你的名字
沉溺在讚美的泥沼之中！

@@：這詩上半片和下半片的語感截然不同，上半片無名者反而害怕被有名者驅逐，耐人尋味，下半片內容卻讓我這種人足以慚愧。名累的解套是無所求，因為無所求，就可以不跟人來往……名字也就不再重要。像我這種天天要派名片的人，暫時做不到，靜待時機，哈哈！

技癢

看了多個《魯拜集》第二十九的中譯版本，不禁技癢想試譯一番。先看英譯本：

Into this Universe, and Why not knowing
Nor Whence, like Water willy-nilly flowing;
And out of it, as Wind along the Waste,
I know not Whither, willy-nilly blowing.

翻譯版本各異，金庸在武俠小說《倚天屠龍記》中譯：「來如流水兮，逝如風；不知何處來兮，何所終。」一直贊成中英文文法迥異，當以意譯優先，句譯其次，此譯為意譯，完全忽略原文的句形、字數及音韻，而盡得其神。重點在「不知」二字。

郭沫若譯版：「飄飄入世，如水之不得不流，不知何故來，也不知來自何處；飄飄出世，如風之不得不吹，風過漠地又不知吹向何許。」句譯。囉嗦。但五四時期現代中語尚未成熟，可以體諒。

黃克孫譯版：「渾噩生來非自宰，生來天地又何之。蒼茫野水流無意，流到何方水不知。」強譯成七絕，以七絕論，修辭呆板，用字重複；以翻譯論，形神俱差一點點。

孟祥森譯版：「來到這個世界，不知是從何處，也不知是為了什麼；只是如同水流，無可奈何；離開這個世界，不知投向何所；只是如同漂風，吹過荒野，無可奈何。」此譯的重點全押在一句「無可奈何」，不懂波斯文，不知道原文是否如此無奈，英譯以費滋傑羅版為藍本，語感是一種冷靜的客觀揭示，未必含無奈之意。

技癢，試譯如下：

一

入世何不知，如水流無向，出塵如風逝，茫然獨飄零。

二

入此世界，緣何不知；
從何處來？水流無向。
出此世界，如風飛逝；

將歸何處?茫然飄零。

兩種譯法，重點都在「飄零」二字，對應原文的flowing、blowing。既然是「飄零」，自然暗藏了「不知去向」。

現代詩醉談

每次我讀不懂那些現代詩名品，就想殺死那些語言天才，例如保羅．策蘭（Paul Celan），可惜他已先一步自殺死了。

現代詩沒有共同的鑒賞標準，有人視之為韻文，有人視之為文字畫，有人重新創造語言，有人堆砌旋律，有人只刻意經營意象。五四白話文運動至今不及百年，現代中國語文的日子其實很淺。

窮社會每多抒情詩，我們抒發感情、唱頌美好、提昇士氣，或為一個美好的人物或一段美好的時光之消逝而感嘆哀悼，語言直率而簡潔，小孩或草根階層也能聽得懂、說得明白。窮社會流傳很多讚美詩，我們透過讚美與上天攀交情，復透過讚美獲得心中的和平喜樂，精神的豐足可彌補物質的貧乏。愈富貴的社會人們愈欣賞語言玩弄者，原先只是欣賞其機智或雋永，然後詩人變本加厲，構築奇幻、層疊各種隱喻和圈套。草根階層的人說話直率，上流社會談吐轉彎抹角，美其名是婉轉，說白點就是造作（這一段是相當一廂情願的說法，即如我會大致同意釋迦摩尼出身皇族，所以談業、苦和捨棄，談前生，耶穌草根起義，所以談讚美、奉獻和愛，談後世。有識之士必定說我想當然）。

唔，以上一段論據非常薄弱。實情是我偏愛抒情詩，喜歡那些熱情洋溢、唯美的旋律，討厭華文詩壇的裝模作樣，專搞一些文字造作而沒有內容、無人明白的東西，再來互相解畫、互相吹捧，畫虎不成說是貓，連狗看見都不追、老鼠看見都不怕，於是隨便寫段醉話來混吉（廣東俗語「混吉」大概是攪亂之意吧）。

今天的現代詩屬於小眾娛樂，跟自拍迷你電影、地下音樂差不多，沒有一套共同的鑒賞標準。這東西非常自我，自我到另一個自我或不自我的人都無法欣賞——我昨天與某人通信是怎樣說的：「自我的人無法融入另一個人的自我世界，不自我的人無法忍受另一個人盡情在賣弄自我。」

嘿，如果這篇東西你看得懂的話，我佩服你，因為連我自己都不知道想表達什麼……

@@：於淩晨四點五十二分，寫完一首詩不詩之後，另，大醉酒醒之後，最近讀完另一個自殺而死的語言天才——中國抒情詩人《海子傳》之後。

輯4

匆匆

巧遇

老友：

如你所說，奇奇怪怪的人總會在奇奇怪怪的場合相遇。到底是奇怪的人創造了奇怪的際遇？還是奇怪的際遇造就了奇怪的人？我相信窮一生都不會想得出答案。

原來跟老婆閒逛閒聊大有好處，我已多年「不懂」再做這動作，更不會兩個人在一處繞圈兩、三小時。事情是這樣的：

我早已舉家搬到土瓜灣，方便女兒上學。只要爸爸回來，女兒就絕不放過，必定要父母兩人一起送她上學，七點半送了女兒，我們想到去德福找一個大一點的房子租住，順道吃早餐。

想來我早已跟香港社會脫節，八點半吃罷早餐，房仲公司卻沒十點不會營業，閒著沒事，於是我們繞著德福花園一圈又一圈的閒逛。

十多年前幫前老闆在德福評估開店，曾估算過每天步行途經德福往來上班的人潮，一個上午就接近二十萬人，十多年後今天第一次重臨舊地，默算人流應該比當年更多。人潮如蟻，每個人的步伐卻只比逃難慢一點，熙來攘往、四通八達都是人，居然迎面而來一支熟口熟面的瘦竹竿，驚愕間在擦身而過前及時大喊：「張某！」

是比以前清瘦了，當年紙醉金迷的一臉浮躁也已消褪無形。古人說人生四大喜事包括：久旱逢甘露、他鄉遇故知、洞房花燭夜、金榜題名時。我們算是久別重逢、他鄉巧遇的好朋友了，誰知你這王八蛋竟然只匆匆丟下一句：「部落格見。」就疾步而去。

於是我依舊沒有你的任何聯絡方式，只能在格上守株待兔，然後你寄來隱藏信件，而我必須以公開信方式回應。相逢莫問，彼此都好就好了。你信中都跟我說感恩了，我也只好感恩，在不可能的時間、地點重遇，相逢一笑，是緣，也是福了。

臨近九點正，我和老婆可能是第八次逛進德福商場二樓一條走道，商店大都沒開，我們東張西望那些櫥窗商品，忽然一把清脆的聲音連名帶姓的把我叫出來：「XXX！」不會這麼巧吧？才碰到一枝竹竿，如今又看見一個美婦，都是中學同學。還記得那美婦當年美麗清秀卻一副古惑女德性，男同學遇見了都唯恐走避不及，大學畢業後卻脫胎換骨，變得溫文優雅，美麗又大方，男同學得悉後均大嘆：「走寶（粵語，錯過了好事的意思）！」因她與另一同屆女同學同名同姓，我們都習慣叫兩人的英文名，又因向來跟她不熟，過去十年只碰過數次面，一堆A字頭的英文名字到口邊，卻不知該叫她Alice、Amy，還是Angel……，結果啞口無言，一臉尷尬，只匆忙給老婆介紹：「這是我中學同學。」卻忘了介紹：「這是我老婆。」不知道當時兩個女人心裡怎麼想。

隔天星期六中午，接女兒到又一城，在一間給小女孩買服裝飾品的大型店鋪流連好久，最後女兒終於選定一件玩物，樓下人擠，於是跑到樓上結帳，迎面碰見多年不見的舊上司，九五年他聘我進入FMCG行業，九八年也是他聘我進入這家傳媒機構，隨口聊及市場，講起免費報，他說：「那些人根本不懂，免費報贏的豈是內容……」然後我們異口同聲說：「是channel！」多年之後，總算第一次跟得上他的腦袋。

接連在不可能相遇的場合巧遇故人，應該最近人緣很好吧，哈哈哈……

風

風自山裡來
復往山裡去
我們揮手
遙向白雲告別

這班人

回港跟一班老朋友聚會。

這班人男男女女三、四十個，來自各行各業各階層，認識時二十幾歲至四十幾歲，如今各自多劃一筆。

一筆十年。

他們已經三年沒有正式聚會，而我，離港後已多年沒有參與過他們辦的大型活動，最多是偶爾遠遠在旁邊敲敲邊鼓，或跟幾個特別要好的個別來往。

無論多久沒見面，一見面就會嘻嘻哈哈像家人一樣，或者直接真誠對話，撇開所有應酬術語和繞圈的時間。

說話簡潔、直率、痛快。

原來最近三年，撇開「公事」，大家都各自閃躲，因為各自的生活都十分艱難。

一場金融海嘯，並不是只傷到買賣股票的人和有錢人，普羅百姓受創更深。

大家共同的「公事」很簡單：有時間就多做些好事。

如果你願意做好事又不計較個人得失的話，這世界需要做的「好事」是做不完的。

因為這世界每天發生或存在已久的壞事，實在太多，需要很多人、很多時間、很多心力去把它們重新變好。

這班人甚少談論虛無的人生哲理，大部分時間只花在討論和召集去做一件接一件的好事。

十一年來，居然從無間斷。

讓我清楚看見：一班人其實並不需要相同的身分背景、註冊團體、宗教信仰或利益糾葛，仍是可以持久地凝聚一股動人的力量，點點滴滴遍人間。

做好事，除了幫助別人外，還可以增加自己的力量。

一種自足的力量。

自足的人，不會心虛，更不會怨恨。

在艱難的生活中，仍不忘付出，從中卻會獲得千金難買的喜樂和鼓舞。

那些善於推搪和找藉口的人，是永遠無法領會的。

喜相逢

中秋節翌日，大學時期的好朋友阿力電話中報婚訊，豈能輕易將他放過，隨口相約當晚即興小敘，原擬兩、三人坐在街邊喝杯啤酒，最後陸陸續續來了七、八人。

輾轉多年，都曾經歷過話不投機、語言無味的時候，今夜重逢卻是喜出望外，大家率性直言，如回到大學時期人蛇混雜、秉燭夜飲之盛況（當時在大學宿舍，合法宿生稱為「人」，非法宿生稱為「蛇」。至於所秉之燭，通常是美國萬寶路製造）。

這個好朋友對我意義重大。我人生最低點的時候，躲在他西貢家裡半年，每天喝酒垂釣，談天說地。他更是我結婚時的伴郎，臨場叛變，別人來敬酒，他本應護駕，卻把杯拿出來說：「今天新郎乾一杯，我陪乾一杯！」

從前的任情任性，荒唐歲月，彼此仗義相助的赤子之心，爭強好鬥的個性，當日如何大言不慚，幼稚可笑，目中無人——此夜如時光倒流，一一重溫，盡付笑談中。

一堆好朋友，各有說不盡的往事：

「一輩子我以為交了一個兄弟，最後發現只是交了一個CEO……」

「〇七年一月某天睡午覺醒來，突然找回了自己……，從未如此清楚過，知道自己想要什麼、想做什麼……」

「我認識你，就是XX三個字，派名片有什麼意思？」

「人情債永遠都沒法還……」

「這宿舍好像什麼大小事都經過你們這兩個校工……」

「我從來不覺得自己是校工……」

「你說你喝醉了，明天考試，一定要叫醒你，害我整晚都不敢睡覺……」

「不是因為你曾經幫過我哪一件微不足道的小事，而是在我人生轉捩點的時候是你陪伴我渡過這一關……」

杯上杯落，說了很多，又幾乎全部忘了。

將近凌晨一點，各散東西，提著醺醺然的醉步回家睡覺，走路的感覺，像是要走回大學宿舍的床上。

無論多累，都不寂寞，嘴角猶自帶笑。

多少年？

不變的老朋友。

多好！

一九九五

上星期黎公子來訪，兩人簡單吃一頓飯，喝兩瓶酒，談天說地，點到即止，表面沒什麼，心中卻覺得是件大事。已經有十多年，兩個人不曾單對單把酒言歡了。

一九九五年跟黎公子住在廟街南京街口的轉角，老式七層公寓的四樓，大廳的窗戶正對整條廟街。好不容易才找到這種鬧市中的懷舊老房子，二人喜不自勝，大概是受了陳可辛《風塵三俠》的影響。至今我仍覺得《風塵三俠》才是陳可辛執導以來的最佳電影。

那年頭，意氣風發，九三年畢業到九五年，三、四十歲的中層主管紛紛離職，趕九七移民潮去也，莫名其妙連升三級，初哥變經理，以為自己是天才。換一份工想要考驗自己，結果管理層變動，半年又加薪兩次，於是九五年的月薪，是剛畢業時的三倍。

兩個人都遇到些年輕人所謂的感情重創，哭過，醉過，然後決定搬到廟街，體驗「古惑仔」的精采生活。每天的日程就是天亮前回家小睡，上午上班，午飯躲回來睡覺，黃昏回公司打卡，晚上嬉戲至天亮前。午睡通常是被樓上樓下的鄰居吵醒，黃昏前，他們乒乒乓乓把鐵架和貨物搬到樓下搭成帳篷擺賣，不知從旁邊哪裡拉出電源將燈泡點亮，從公寓四樓望過去，一條灰白色的馬路不到兩小時就燈火通明，變成名聞國際的廟街夜市。到凌晨十二點後，遊客已零星，於是燈火漸黑，大家又乒乒乓乓把攤檔拆掉，抱著大包小包和幾根又長又重的鐵枝鐵架爬樓梯回家睡覺。

當年看這開檔拆檔的景象十分著迷，有時候一個人站在窗前凝望整條廟街發呆一整個晚上，直至一包菸抽盡、一打啤酒喝光，直至烏燈黑火，轉眼又天色微明。當年卻看不出搵食艱難，自己一帆風順，眼中沒有不可能的事，種下了之後倒楣七年的惡果，真是「有咁耐風流，有咁耐折墮」（廣東俗語，意即有多少風流快活的日子，日後就有多少淒涼拮据的日子）。

今天黎公子仍如當日的黎公子，瀟灑倜儻，繼續江湖闖蕩，而我過盡雲煙，幾乎已忘了當年的我。

偏偏無巧不巧，數星期前回家，跟老婆相談甚歡之際，老婆突然提起：「你要不要收拾一下你那些抽屜。」我：「收拾什麼？」老婆語氣加重：「你那些情信……」心中一跳，血壓下降，聞到醋味，卻沒想起曾留下什麼罪證。打個哈哈不了了之，隔天天未亮爬起床去翻舊抽屜，裡面一堆紙張雜亂無章，大部分寫於九三至九五年：可能多與情情愛愛有關，是有幾封情信沒錯，但大部分卻只是些心血來潮不及整理的「雜作」，存之無味，棄之卻也可惜啊！

男人在女人壓力下第一個反應是反抗，第二個反應是擔心反抗的後果，然後第三個反應是想辦法安全過渡，於是懶得細看，絕對不丟，隨便找個塑膠袋，一大包放進行李跟我回台北。回來事忙，幾星期下來還是沒時間拆看，直至跟黎公子共聚之後（證明我心中已經放下了，不過留幾行字當懷舊笑話而已）。

一九九五年的自己，二十四歲，當時真的滿屌的：

「陰晴風雨天，竟夕不成眠。夜來常縱酒，買笑灑金錢。」

若把此故事記錄成詩
她必燦爛如繁星
溫柔如湖上的帆影
但終必有淚

「席慕容說：青春透明如醇酒，可飲可盡可白頭。我說愛情如烈酒，損肺傷肝催白頭。」

向同一夢想奔馳
你騎閃電我騎馬
如果我走得慢了
你不必回頭看一下

「八月份，我瘦了七磅。放縱的日子，陪伴在身邊的只有朋友。他們都說夠了，不要繼續，而我也不想再騷擾他們的生活。於是我跟人合資買了隻遊船，以後可以將精力發洩在海上。希望這是一個復原的方法。」

如果今天也可以一個月瘦七磅，那就該大大慶祝一番了。痛飲狂歌空度日，飛揚跋扈為誰雄？沒過幾年就發現，欠債才是最佳的「復原方法」，每天除了跑數字，根本沒時間去想其他。

裡面最珍貴一張紙，是某天想考考自己的功力，一小時寫了十三首依足規格的七絕，今天回看，題材和意境都重重複複，不過有幾首還算有趣：

「螢蛾尚向火堆衝，寶劍光寒未可封。獨我無心爭此世，一生甘作入雲龍。

三杯酒醉愈行癲，恨指空樽不及千。笑喚姑娘將進酒，佳人卻說我無錢。
千杯劇飲平常事，醉棹江心獨釣魚。浪湧舟翻游上岸，夕陽亭下讀詩書。」

水在頭頂，天在手邊
太陽沒有提早高攀的藉口
當你仍在酣睡

所以，你醒來時再看不見我了
即使在夢裡我也是一般無情
不會跑過去討好你

於一九九五

歲月

總要找個悲涼的說法
當歲月如刀鋒劃過
平滑似鏡的額逐寸裂開
幾道滄桑無奈的深痕
隨波逐流的爛木船
五線譜上的哀歌
我老了，呵呵，我真的老了
連那笑聲都有點悲涼

總要找個輕鬆的說法
當歲月如燭光晃動得七顛八倒
你偷吃的指甲劃過奶油
私嘗甜蜜的回憶深溝

無法填平的被盜走的部分
笑起來那坑痕特別明顯
在兩邊眼角的幾條指甲紋
偷走的歲月，啊啊，
被偷走的歲月
像扇骨一樣攤開
中間不著一物
我們
誰也不欠了誰

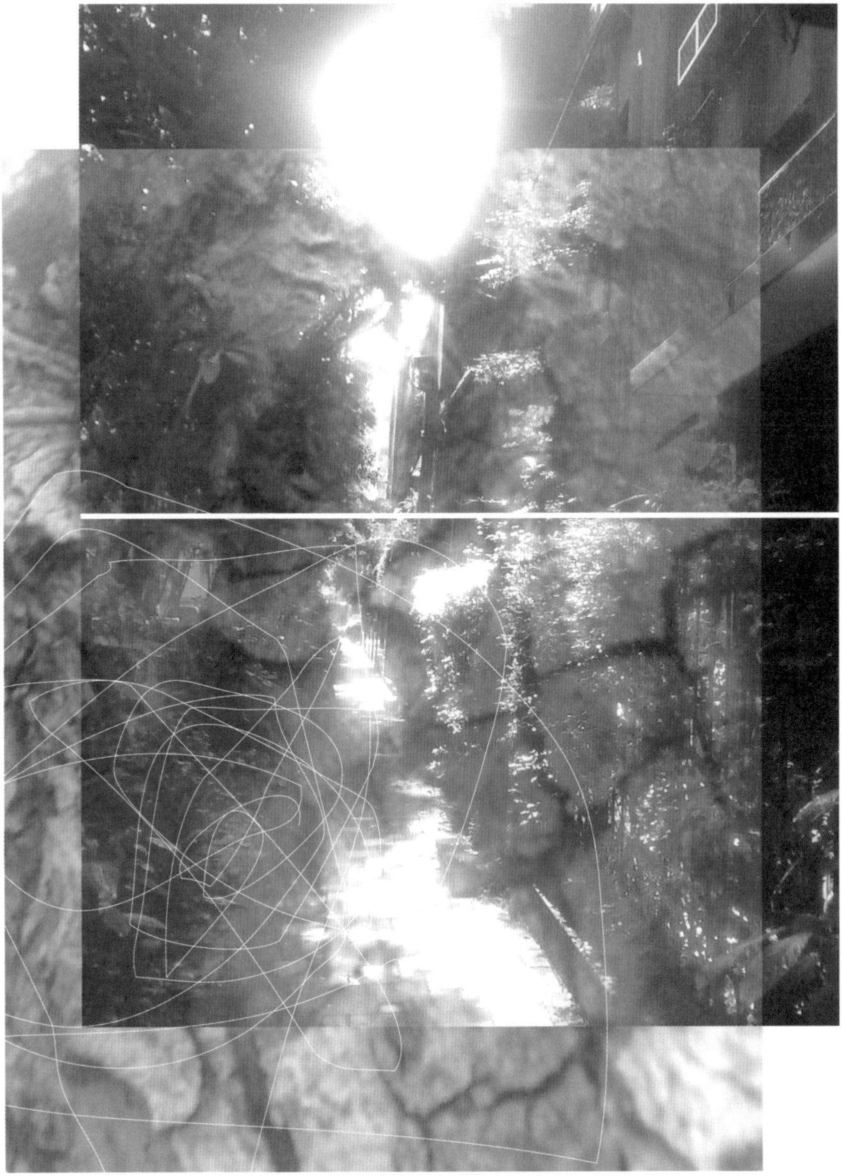

奇女子

跟兩位美麗的奇女子午飯。

一位是名畫家，年近七十；一位是珠寶設計師，年近六十。

畫家皮膚黝黑，身材健碩，充滿活力，熱情開朗，坦率純真，看上去像個五十出頭的大姊。

珠寶設計師皮膚白皙緊緻，舉止優雅，閒靜自信，看上去像個四十出頭的姊姊。

兩人是好朋友，至今仍積極參與社會，投入自己的理想及事業。

畫家在溫哥華的農場曾養育過百動物，她的油畫表達了田園生活的安靜祥和。

早期的皮雕製作，神乎其技，令人嘆為觀止。

後來改畫兩性間的愉悅交歡，掃描速寫，大膽尺度，看得人心跳面紅。

畫家說，今年她已擬好全新的風格，改變計畫，邁向人生另一頁，說時，雙瞳閃閃發亮，充滿面對未來挑戰的激情和歡欣。

珠寶設計師的祖母是清道光皇帝的妹妹，格格之後，從其眉宇神韻間，隱約可見前朝公主的雍容貴氣。

她的設計理念是把先人留下來的古典珠寶玉石，變成現代風華的時尚配飾。每一件作品，背後都有一個動人的感情故事，懷其物，思故人。

兩人各自婚姻美滿，夫妻恩愛多年，卻又自由自在，周遊列國，發展自己的理想。

一生經歷，隨口都是有趣的故事、養生的妙方。

四十如我者，平日聲聲「吾老矣」，面對兩位奇女子，汗流浹背，暗自慚愧。

兩位長輩對我的祝福，感謝在心。

自當咬牙，繼續努力！

年輕及理想，全憑自己決定。

加油！

憶常宗豪老師

老同學來台看花博，晚上餐敘言談間，講及常宗豪老師於本年七月辭世，一時思潮翻湧，不知應對。

我這人，中學念理科，大學念工商管理，雖然同學老友都覺得我是個念文科的，但我在學校其實正式只修過一次文學課，就是常宗豪先生的「詩選」。自問大學四年荒唐胡鬧，修了一百二十個學分剛好畢業，有認真念過書、上過課的，只有兩課，一課是潘克廉先生的「籃球」，另一課也就是常宗豪先生這課「詩選」，兩課都是入門課。回顧整個大學課程，某些老師或自詡高深，其實哪一課不是入門課？只是有些老師能深入淺出，有些老師不知所云，有些老師卻喜故弄玄虛而已。

大學三年級跑到中文系一、二年級修常公（傳說中文系暗地裡都叫他常公）的詩選，二十多人的小班，想不到一堆中文系低年班外還有幾個研究生在旁聽。聞說常公記憶過人，認人奇快、奇準，果然甫一坐定，就發現有個小子十分礙眼，即問：「怎麼來了個外科生，你哪一系的？」我說：「工商管理。」常公笑笑，嘴角不屑：「奸商滾你，跑來中文系幹嘛？」我無以為對，笑笑，他也笑笑，顧左右而言他，然後就開課了。

詩選選讀的主要為唐代的古體及近體詩，從初唐的陳子昂談起，一學期不過三個月，點水蜻蜓，篇幅有限，學生還要兼顧學習寫作，從五言對句開始，以五律為主。常公談及每個詩人的風格、背景、詩作的特色之外，最後必即席吟唱，讓學生親耳傾聽該詩的韻味。當年講課內容大多印象模糊，只記得講到白居易〈長恨歌〉「春寒賜浴華清池」一段，常公說了一句：「污糟邋遢。」就不多說了，回去翻讀再三，最後恍然：「果然是寫色情小說一樣。」談及七言與五言，說把七言的頭二字通通砍頭，無損及詩意者，根本就只是贅詞，不可視為七言。

既遇名師，當然瘋狂寫作，自負有點根底，最後挑了四首五律，跑到中文系常公辦公室敲門請他評點，房中有人，他收了稿，答應會看看。隔兩天上課，常公講課到中途忽然說：「早兩日那個奸商滾你拿了幾首詩來給我看……污糟邋遢，不行。」後來知道，他不滿的大概是那首寫日侵的，內有一對「殘帳橫貞女，長刀掛小孩」。當時，自以為佳對。

千盼萬盼，常公一直不講李白，直到最後幾課。花了大篇幅述其生平及風格，尤其推崇其古詩五十九首的第一首〈大雅久不作〉，推崇李白「將復古道，捨我其誰」的氣魄，以及對寫詩精神和技巧之間的取捨，到最後一課的最後數分鐘，眼看無望，他才施施然說：「現在講〈將進酒〉。」從小喜歡〈將進酒〉，就怕常公不講。我精神大振，腰板馬上伸直，兩眼放光，提筆準備一字不漏的抄錄他的講評，誰知他一清喉嚨，就把一首〈將進酒〉鏗鏘有聲地吟唱出來，唱罷，我還沒回過神，只見他靜下來，微搖頭，嘴含笑，再抬頭掃視我們：「天才！這就是天才！這詩還用講嗎？」此時鐘聲響起，常公拿起書本翩然出門，就完了這最後一課。

其後參加全港大學律詩創作比賽，居然拿了個第三名，第一名是常公當時的得意弟子，以詩論詩，我總覺得如我非外系生，又是跟冠軍同一大學的學生，該詩值第二名。之後晃眼四年班下學期，捨不得常公，又去修他的「現代寫作」。這基本上只是語體文的寫作課，沒有太多的文學研究在內，以定期交作文為主，一班十來人，我還是唯一礙眼的外科生，而且是「奸商滾你」來的。常公教得沒什麼勁，最喜考我們讀書，拿一篇明清時代的舊散文叫你讀一下，然後捉你平仄有否讀錯了。某天蹺課，隔天同學轉述常公居然談起我來：「那奸商滾你詩寫得不錯，白話文寫得不知所謂。」我心中一笑，寫得更努力了。

學期末，考畢，中文系已完成所有考試，常公興致勃勃，收考卷時相約全班一起晚飯喝酒。我隔天還有最後一科「財務管理」未考，屬必修科，當了就無法畢業。但自覺期中考不錯，有B+，最後一卷只占百分之五十，又心想中文系都是女孩子和文弱書生，常公五十餘歲，能喝多少啤酒，於是照去不誤。結果一桌十二、三人，除我和另一「小男生」外，其他都是女生，常公施施然最後到來，手拿一整瓶未開封的白馬威士忌。滿桌盡歡，杯去杯來大概只有我和常公，然後步履歪斜送女同學回家，再乘車回宿舍讀夜書。頭腦一片糊塗，勉力以大舌頭跟室友張小力說：「不要讓我睡著。」於是阿力整夜在旁泡蔘茶陪通宵，不時用力猛推：「兄弟，撐住啊，不要睡著啊……」隔天迷迷糊糊，頭痛如裂，歪歪斜斜把卷寫完，最後該科拿了個馬馬虎虎的C，可知該卷答成怎樣，哈哈！

常公，安息。

恭喜高錕校長

恭喜高錕校長榮獲今年的諾貝爾物理學獎，看到今天的香港《東方日報》及《蘋果日報》兩大報頭版新聞破天荒同時讚美同一件事，更是難得可貴。

一年半前寫了一篇雜文〈雜說世界是平的〉，提及高錕是諾貝爾物理學獎得主，被心水清的老友傑更正，於是把文改了。真不該！早知如此，我當時應說：「現在是錯了，三年內必變成我對！」現在就反敗為勝了。

每個大學畢業生都多少經歷約十八至二十多年的學校生涯，遇見過無數老師、幾個校長，我不知道其他人的感受，我的求學生涯非常自我中心地完成，遇過幾個很令人敬愛的老師、很親切的老師、很懂得教育的老師，也遇過很多個很討人厭的虐待狂、王八蛋、偷懶鬼老師，但對校長從來漠不關心、毫無印象。最深刻就只有兩件事：中學的校長被稱為「校章」，為何如此，不明所以。大學時期某年開始由高錕接任校長，那時偶爾也會跟一些人一起去抗議鬧場，某天校長步出禮堂，某年輕男聲在人堆中大叫：「高錕，我X你老母！」高錕看了看人聲方向，一直保持輕鬆之微笑。

我完全忘記那年發生什麼事情了，反正校長出現，就有學生在旁叫囂抗議，隱約記得我也是贊成學生一方的。然後某天看到一篇專訪，問校長你對學生近來對你的粗魯無禮態度有什麼看法？高錕說，他們念書的時候更誇張啦……（其他忘了，無謂加油添醋）。老友傑對高錕或許有更深的記憶吧，那時候大家抗議制度，罵得既粗且凶，遇見愈高層的校園主管愈亢奮激昂，卻好像普遍沒對高錕這個新任校長有什麼個人的厭惡。

單純的學者和功利的學棍，對於人生經驗淺薄的年輕學生是分不出來的，但相處久了還是可以看出端倪，二十年後回頭看更是一清二楚了。

高錕是單純的學者，今天患有老人癡呆症後仍笑容燦爛如純良的小孩，可知他本質的善良。如果你看過很多老人癡呆者就會發現，不是每一個患者都笑燦如花的，大部分老人癡呆者都愁眉深鎖，那是受困於個性的本質或先前的罪業吧（善面相者或會看到這些人臉上有黑氣）。雖難有證據可考，但我還是大膽猜忖：一個老人癡呆症患者在頭腦化作一片空白前，是先忘掉所有負面的東西，或先忘掉所有正面的東西，在患者最後的臉上是不是會留下最真切的相應的答案？

恭喜一個以科學貢獻社會的好人拿獎，總比猜疑一個上任不到三個月就獲得和平獎的美國總統會不會（何時會）發動戰爭來得討喜，前者令人喜悅，後者卻令人皺眉好久……

@@：寫於二〇〇九年十二月，一年半後，那和平獎得主策動一場暗殺，非法闖入第三者國境解決了賓拉登。

兩朵雲

兩朵雲停在藍天二角
他們各自不說
也不移動
風吹不散
默默停駐著
遙望對方

從半空劃開一條弧線
寂寞高飛的鳥
偶然連繫了兩朵雲
一種淡然無意的觸動

誰先開始哭泣
一點一滴消耗自己
看著它消瘦
看著它也消瘦

兩朵雲停在藍天二角
他們各自不說
也不移動
風吹不散
默默停駐著
遙望對方

比從前小
還是很大

早到是禮貌

大概已寫了四年。四年前的五月，因為某種莫名的感傷，開始寫起網誌。網誌的目的不在成名，而是讓心中的想法隨意舒吐，甚至刻意避開可能受注目的內容。留言版的設計最合心意，網誌，就是一個私人嘔吐盤，不在乎任何人，不需要負任何責任。四年，竟就此貼了一千多篇文章，平均每月十來二十篇，維持了良好的寫作紀律。

寫作是孤獨寂寞之事，無論字數、篇數或人氣數，如果你不清楚那個數字對自己的意義，那些數字不但毫無意義，更會讓自己迷失其中，更不能支撐你繼續寫下去。堅守紀律而讓自己達到一個作品數目，對我來說意義不凡，如果那不是我心甘情願喜歡做的事情、喜歡寫的題目，無人可以強逼就範。年輕人需依靠別人的肯定，而我這種老狗，應已超越了，偶然一、兩個老朋友來叩一叩窗戶，即使不說一語，已是溫暖動心了。別人或不懂這是為何而寫，唯有自己知道問題其實是為何不能停下來不寫。

從來是一個不喜歡守紀律的人，上週四「禁菸日」就在臉書呼籲「自由主義者最少要多吸一口菸」，我們的生活規範已夠多了，不要再搞些五四三，禁菸日乃紀念林則徐火燒鴉片，以現代語言那其實是「禁毒日」，何必擴大解釋，讓並非小眾的菸民再一步被邊緣化。我從不諱言自己是為反反吸菸而吸菸，如果沒有前設的因，我可以與菸絕緣，更從來不喜歡服從多數。

近日一好朋友沾沾自喜，述說著多年來教導孩子之功，如今孩子長大，工作有成，獲老闆賞識重用。由是想起老頭子當年的家教。老頭子在大學為人師表，多年來就說我野性難馴，誰知「少無適俗韻」，卻偏偏「誤墮塵網中」，走進報社工作，一做十二年。同為媒體，電視、電影是藝術行業，或需要天才發揮才華，雜誌精雕細琢，電台個人發揮，唯獨報紙是紀律部隊的工作，每天流水作業，卻有其不可逾越的生產底線和道德底線。競爭對手但說我們「不拘一格、橫衝直撞，唯恐天下不亂」，甚至「腥羶色、灑狗血」，實不知我們內部要求最是嚴格，眾矢之的，如律已不嚴，早已置身洪爐了。

業務員的紀律或許簡單得多，但不貪和不遲是基本原則。近日應酬頻繁，下屬主管總說可以遲到，遲到一點就少喝一點。但年輕的報社，年輕的主管，必須尊重前輩。在懷舊的年代，長七歲已是前輩了，與前輩相約，尤其作東請客，早十五分鐘在現場恭候是基本的禮貌，即使作客，早五分鐘到達是必須的。我認識廣告界、媒體業的兩位老前輩——邱老大和唐爸爸，談笑風生，瀟灑豪邁，但行事作風說一不二，請客必早十五分鐘，甚至半個小時到場親自打點一切，前輩風範，禮數周到，今天的年輕人不懂。

是拜老頭子教育之功。兒時老頭子告誡，在他們年輕的年代，爺爺太公輩要求年輕人的歷練是：人未按鈴，聽到走樓梯腳步聲，要在門前準備站好；電話響三聲要盡快接聽，飯剩一口要隨侍在側，準備幫忙盛飯，茶杯酒杯喝剩一、兩口，你的手就要摸到壺邊，準備幫客人或長輩斟滿。大人說話，後輩盡量聽，少發言，多提供資訊，少作評論。以上才叫做「學醒目」。老頭子說得嚴格，但曾留學法國，頗有自由平等之風，不是老八股或暴力老爹，做不到也不會拿棍子打人或罰你跪地扭耳仔，見你做到七、八分就睜一眼、閉一眼，終於看不過眼，就搖搖頭開始碎碎念、話當年，幫你再洗一次腦。

一個年輕人在外地工作，誠惶誠恐，拿著亮麗的名片與老前輩、大企業家等平輩論交，更是忐忑不安，老頭子從前的教誨遂變成自己處世的紀律。如今看見一些年輕人沒分沒寸，就不禁搖頭，暗嘆一句：年輕人不懂。

老說著「年輕人不懂」，就表示：自己不再年輕了。

老媽與老婆

我幾乎不曾寫過關於我老媽或我老婆的任何故事。

首先，你當然不能寫她們任何一個的不好，而即使你寫她們任何一個的好，也必定得罪另外一個。

每一個幸福家庭都有一個偉大的女人，那神聖的女性光輝照亮全屋，卻不容許另一種女性光華侵入，造成干擾。或許，只有女兒除外。

老掉牙的兩難問題：老媽與老婆同時跌下海，你先救誰？

老掉牙又最普遍的答案其實有兩個：

其一是「百行以孝為先，萬惡淫為首，當然先救老媽。」如果老婆問呢？你敢當面這樣回答嗎？

其二是「老媽問就先救老媽，老婆問就先救老婆。」如果兩人一齊來問呢？

實事求是，男人的想法應該是：救得一個算一個，盡快。

而女人天生喜歡比較：當然知道你會盡快，就是要問你誰先。

有一天我莫名其妙想起這個問題，猛然發覺現實中本人老媽和老婆真的都不諳水性，於是陷於迷惑，然後那陣子我很積極想教懂我老婆游泳（其中一人懂游泳，或許就可多爭取一些時間，兩個人都順利獲救了，而假如老婆質問為何不是她先，更可大大聲反駁：因為你會游泳呀！），但一如我爸之教我媽，費盡心思與耐性，最後只能以「毫無天分」搖頭作結，不了了之。

而今我發覺最有效的處理方法是，根本不讓兩人同時乘船出海。而最聰明的回答方式可能是：我也跳下去遇溺，你們必定都捨不得我先死，而不嫌先後過來救我，於是我們三人摟作一團，不是一齊死了，就是一齊獲救。

老掉牙的問題不會有新鮮答案。

老媽是個千依百順的傳統小女人，對老頭子唯命是從。從小到大，我從來沒見過兩人吵架，大不了是我爸指責我媽做錯了什麼小事，而我媽沈默不說話，像個犯了錯的小孩子。我爸常碎碎念我媽凡事不用腦，而我卻覺得老媽才是最聰明的，如果你有一個頭腦精密得像電腦、做事又謹小慎微絕少犯錯的老公時刻在身邊，你當然也會難得糊塗。這點我最像我媽，甚至有過之而無不及，所以回到家我都像白癡一樣，而我老婆在家裡則樣樣出色，無所不能。

老媽年輕時樣貌清麗、身材高挑，我和弟弟曾多次偷看她在護士學校的全體畢業照片，在雙十年華的一堆白衣天使中，老媽絕對是最儀表出眾的一個，簡稱「校花」。娶到這麼一個漂亮又賢慧的妻子，是老頭子的福氣，卻是兒子的災難，這無疑是找老婆的最大壓力。

男人都不喜歡沒有主見的女人，但女人太有主見，男人唯命是從，就會感到尊嚴受損。奇怪大部分女人卻沒有這方面的壓力，尤其老媽。老頭子在家裡擁有絕對權勢，因為他在同一所大學為人師表三十七年，朋友極少，黃昏前必定回家，嫖賭飲吹一無所好。這種好男人絕無僅有，說話自然特別權威，而他兒子並沒有遺傳到任何一點，愛交朋友，愛吃喝玩樂，工作狂，常轉換工作性質，常通宵達旦，個性的不穩定導致喜歡尋求生活的不穩定，生活的不穩定則進一步導致個性更不穩定。這種男人的唯一幸福機會是：他有幸娶回家能偕白首者，必定是個可以一再容忍並原諒他大大小小錯誤的仁俠兼賢妻良母。

有一部喜劇電影名為《我的超人女友》（*My Super Ex-Girlfriend*），結局是超人女友最後發現一生中最愛就是那個跟她惡鬥半生的天才罪犯，劇情荒謬惹笑，但卻一直沒講到重點。當女超人的另一半最大好處其實是：你是唯一一隻不會被女超人打到身體爆炸、血肉橫飛的怪獸，女超人總會原諒你這個可恨又可惡的壞蛋，網開一面讓你逃出生天。我和女兒都一致認同：她的媽媽就是這個萬能女俠。

連續踩兩條鋼線而不跌下來受傷是很難的，訣竅在於適可而止。

十年

十年，一晃即逝。

一九九九年七月十五日加入這家公司，想都沒想過，一待十年。

十年可不是小數目，把十年的生命放在同一個地方，或同一件事情上，代價不菲。十年磨一劍，霜刃未曾試，那就是白磨了。十年寒窗無人問，只為一舉成名天下知。無法成名那就罷了，十年一覺揚州夢，贏得青樓薄倖名，假如待錯地方，青春和金錢皆白花，還成了一身壞名，情何以堪？好些朋友，戀愛十年，瞬間分手，更是血本無歸，從此魂魄不全。

老頭子一生在同一所大學任教，一教三十多年，每五年拿回家一個服務獎牌，第二個拿回家時，第一個早已黯然褪色。從小深信一個人好死歹活數十年，總要活得千變萬化、多采多姿，絕不能子承父業，做這五年銅牌收藏家。

大學四年級時，一次在田徑賽中，和兩個同學（一個叫朱仔，一個叫Doran 余——他英文名叫Doran，本來姓何的，我們都硬把他改姓余）談起將來，我們一致覺得讀了四年一大堆商管理論，也不知管不管用（自己其實也不怎麼用功讀書，所以就更不管用了），其中一人提出：畢業生最好做小公司，愈小愈好，因為你可以從頭學到尾，所有實務細節都有所涉獵，全面了解一間公司的運作。我們一致同意。

結果是，這兩個王八蛋一畢業就跑進了大公司，只有我言出必行，跳進了一家小公司當marketing officer（本來還有一份工作是去Philip Morris當trainee，結果還是選了前者）。入職時由老闆接見，整家公司約三十五人，求職客務主任accounting executive（即初級業務員），結果老闆一席詳談後，以非常伯樂的姿態欽點我應該做marketing，週五立刻上班。上班後面見marketing manager，他把所有手邊工作交辦給我，說：「我們公司只有一個marketing，今天是我的最後一天，之後全交給你了。」

我果然學習到一家公司的所有實務細節，因為全公司三十五人，是典型的香港中小企貿易公司，公司以集團名下有七、八間公司在運作，我公司負責的視聽教材部分實際只有八個人，兩個秘書、三個業務、一個倉務、一個維修和一個行銷，行銷就是負責所有雜務：包括海外訂貨及供應商聯絡、說明書翻譯、政府及企業集團投標，和所有定期在中港澳舉辦的展覽會及郵購直銷工作。在展覽會預訂二十七平方米的展地，搭建自己設計的展館，然後江湖救急找自己的「兄弟」幫忙通宵布置，另發出一萬封邀請函，又江湖救急，請「兄弟」和女朋友幫忙加班入信封貼名單。我們嘗試過十多種摺信紙和入信封的方式，最後發現了最有效率和最低誤差的流程工序。所有老闆想來容易的事情，魔鬼都在細節裡，要一環一扣的逐步解開。如此密集式的實務訓練，不到半年已能掌握整間公司的運作，大概一年半就自以為「學滿師」想要離去了。

年輕時從事過的數份工作，所不同者，只是行業與規模而已，結果也是如此這般，在最短時間內掌握實務狀況，發現無法付託終生，就不容許自己花超過兩年時間。行行出狀元，要在一門事業上成功，可能窮一生精力也學之不盡，但要證實這事業不適合自己，全力以赴花兩年時間已是極限了。

如今這家公司卻讓我不知不覺，就耗去十年光陰。

變化莫測，速度奇快，剛來得及應變，問題開始解決之時，新的題目已經從天而降。

前五年，我換了十一次上司，任務千奇百怪。

後五年，每年逆境求存，時刻準備反敗為勝。

在這種環境下，埋頭埋腦，一抬頭就一年，再抬頭就十年了。

世界上要找到一份這麼奇趣又挑戰的工作，應該不太容易吧。

今日無聊在家中翻舊書，心中居然莫名冒起了幾句〈岳陽樓記〉。七年前被調派來台灣，確實有點「去國懷鄉，憂讒畏譏」，如今風風雨雨早已習慣，雖不致於「寵辱皆忘」，但「把酒臨風」，自得其樂總有辦法也。從去年七月慘淡經營至今，七月份總算做出點樣子來，人生第一個工作十週年碰上金融海嘯而不致灰頭土臉，總算可以堂堂正正回港跟老頭子賀七十大壽。

工作愈久，發覺能學的愈多，而維繫工作熱誠的方式除了名利和前途外，有時候不過為了不服輸而已。

桃李春風一杯酒，江湖夜雨十年燈。

悲歡我自知。

記得有兩首流行曲同名為〈十年〉，當中我更喜歡劉德華那首廣東版，不過在台灣入鄉隨俗，唱陳奕迅的國語版機會更多。某天唱完〈十年〉，一個人問：「十年之後，不知道我們會不會像現在一樣？」我飲大兩杯（廣東話多喝了幾杯之意），衝口而出：「十年之後，我和你不會是朋友。」

@@：於二〇〇九年八月。

揮手

揮手，而揮之不去
朝家鄉的方向
隱約聽見
候鳥西飛的叫聲

時受享學低潮習

今期商周何飛鵬先生〈低潮時享受學習〉，看了標題，就已嘆息再三。

從去年七月至今，低潮接續而來，任你如何努力奮起，前面一個巨浪迎頭痛擊，只能無可奈何地陷落，回到漩渦中掙扎求存。稍見曙光，轉眼烏雲密佈，滿懷希望，又是差強人意。

但也從沒像今年看得遠，讀書量和寫作量是過去兩年的總和。鬥志從未鬆懈，頗有雷萬春之氣概（小四時閱讀中國名將列傳，就記得一個雷萬春，安史之亂守雍丘，在城上臉蛋中了六箭而堅守不退，敵人反而被駭跑了，想來他臉皮真的很厚）。

這得拜老頭子教誨所賜。

多年前最倒楣的時候，欠巨債不說，更逢上公司大整頓，派系鬥爭，一整年被投閒置散如同透明的廢人，某天終於忍不住請教老頭子。

時為二千年股災之後，全香港企業縮減人力與開支，和今天的台灣非常相似。

老頭子問：「你有沒有地方可去？」

我：「有地方也不會很理想，目前待遇還算不錯，但無事可為。」

老頭子於是分享了他年輕時的經驗。身為父親者，無論孩子問你什麼問題，通常你都有本事從你的歷史事件薄中找到相似的案例，然後一番拈連推演後，得出父親想要孩子學習的道理。

所以老頭子的故事不重要，且略過。

老頭子的結論我倒一字不漏的記住了：「沒事做就多讀書啊。大丈夫待才而用，不然到你轉運有機會時，也把握不了。」

老頭子與我一輩子個性不合，最大的共同點就是書蟲個性，一天不讀書皮膚都會癢。

從此大條道理的讀書、看影碟（影碟是有聲有畫的書啊），沉迷不拔。

一年半後莫名其妙被調來台灣，關關難過關關過，若非先前一年多頗吸收了些好東西，實在應付不來。拍片、管理業務……，前所未有的考驗，每天書抓得更緊。

講起拍片，小時候跟二弟用兩部錄像機，剪接了甄妮的《火鳳凰》主題曲，搭配史特龍（Sylverster Gardenzio Stallone）最動人的愛情電影畫面：《第一滴血II》（*Rambo II*，如果你不同意《第一滴血》第二集是史特龍從影以來演過最好的愛情片，請回去重看一次）。

中間留下了幾句對白：

（河邊，兩人閒聊）

Rambo：Maybe I'm expendable.（或許，我死不足惜。）

女孩子：What means expendable?（死不足惜是什麼意思？）

Rambo：Just like you're invited to a party, you do not show up, it doesn't matter.（就像你被邀請去一個派對，你沒有出現，那完全不是問題。）

（混戰中，女孩子突然回頭）

女孩子：Rambo, you're not expendable.（藍波，你不是死不足惜的。）

後來，卻是女孩子被射殺了。

有一段時間，我經常都會想起這一段，然後莫名其妙地感動起來，或莫名其妙地又很想戰鬥了。

這篇文章沒有重點，幾件往事，隨手記記。我的兩個弟弟和幾個老朋友讀到，或許會比較有共鳴吧。

而我年紀愈大，則愈懷念老頭子多年來各種奇特教育方式，包括小時候家裡那兩台先進六磁頭錄像機。

記於二〇〇九年某月

老頭子的教育方法

聰明人比笨蛋更容易犯下彌天大錯，自恃聰明者也更熱中發現捷徑，用聰明的方法替代笨方法，逐漸變得好吃懶做，輕佻浮躁，不願意踏實苦幹。

但聰明畢竟不是罪過，那是上天賜予的天賦。

從小知道自己聰明（一個聰明人是一定會知道自己聰明的，最難是如何避免高估自己的聰明程度而已），老頭子從不隱瞞此點，也不拿來稱讚，只是一直強調：你非常聰明。然後開出條件：

1. 你非常聰明，以你的聰明不應該只得到這樣的（學業）成績（把目標利潤推高）。

2. 你非常聰明，所以最容易行差踏錯，要懂得承擔後果（設定止蝕）。

所以老頭子貢獻聰明基因的附帶條件，是嚴厲的管教和責罰，和從小的思考訓練。

七歲被老頭子逼玩彈子跳棋，六種顏色各十顆彈珠，以倒三角形分占六角，每人控制三盤，自行鋪橋搭路，或防止被對方借路，看誰率先把全部三十顆棋子送進對方原來的地盤，甚至把對方還來不及出來的棋子堵住。長大後發覺，這對訓練邏輯推演能力（尤其三段論）甚有幫助。

九歲改下象棋，江湖規矩先從雙馬讓起，老頭子卻只讓長先，三分鐘輸掉一局，重擺也要一分半鐘，年初三，從大清早至深夜，輸了重擺，撐不了三、五分鐘又輸，如是者兩百多局。直到十一、二歲發現這世界上原來有棋譜這東西，又在家門樓下得一個上海老伯傳授，才首度戰勝「瘋狂老爸」，象棋訓練也從我開始逐漸戰勝而結束。

某年終於鼓起勇氣問老頭子：「你當年一天到晚捉我下棋為什麼？」

老頭子說：「你個性自小浮躁，下棋希望訓練你凡事三思。」

當時正好闖了大禍，啞口無言。

事過境遷，我又活過來了。某天我終於笑著跟老頭子說：「你跟我下那幾年棋，其實沒訓練出什麼，不過小時候一天輸兩百次的經驗則讓我永遠敢於重新來過！」

每年暑假都有特殊任務。

五年級暑假，丟一套簡體字的足本《東周列國故事》，從鄭莊公到秦始皇一統天下，共七百多頁密密麻麻的簡體字，跟爸說：「看不懂。」爸冷冷說：「看久了就看得懂了。」

果然。

六年級暑假，面前又被丟下一套原裝足本《三國演義》，連問都不敢問，看久了，就大概懂得這些明清代的簡易文言文。

某年，丟給我一個「大易輸入法」的簡表和一本數萬字的手寫論文，打完了，就學懂了中文打字的大易輸入法。

從無間斷的思考訓練，父親要求我珍惜並善用自己的聰明，同時不斷磨洗因聰明或個性缺陷所帶來的潛在風險。直到自己為人父母，回頭算一算，才發現那個既冷然復瘋狂的父親其實在自己身上不知花了多少時間和心思。

而因為愛惜自己的頭腦，即使最膽大妄為的少年時，從不會濫用藥物或嘗試毒品，大不了多喝兩杯而已。

對於老頭子，真是愈來愈感激，現在每做出一點點自覺滿意的東西或避過一劫，都會走到他跟前沒來由的東拉西扯些奇怪的話。

老頭子不知就裡，總會皺眉說：「這個人，三、四十歲了，說話還是這般沒頭沒腦……莫名其妙……」

借書、偷書、贈書

老頭子讀書破萬卷，家中藏書數千，十多年前搬家，裝滿了一百多個水果箱。老頭子規矩向來嚴謹，每買一本書即於書上畫押，簽上名字及日期，無一例外。

在大學教書三十七年，時有學生及朋友拜訪，為免尷尬，家中書櫃門把掛一書籤：「恕不外借」。講明「恕不外借」，就連兒子都不借。退休十年，藏書紋風不動，兒子動了壞心眼，開口借書，數年前成功借出《閱微草堂筆記》，心想這本既老且閒之書應無關重要，我又帶到台灣來讀，理所當然是「有借無還」了。誰知一個多月後，老頭子打長途電話來追討。

老頭子白髮蒼蒼，餘威猶在，隔週回港馬上還書，然後自己跑去書店另買一本。

他說我從小就會「搞壞」他的書，一歲多時家住小套房，站在小孩床上，旁邊就是擠得密密麻麻的書架，不知何來「指力」，硬拉出一本書來撕掉，那是一本《詩韻》。

家中密封書櫃八個，玻璃門上鎖（老頭子說我從小就會開他櫃門偷書，所以必須上鎖，哈哈），另兩個書架在睡房（父母睡房是小孩禁地，不得入內嬉戲），剩一個放在不當眼的客廳角落，裡面盡是些艱深難懂的「商務印書館」系列，舊到發黃棄之不可惜者，但老頭子仍堅持沒問過不能取閱。想起來，我家兄弟們從小懂得尊重私產權和私人領域的習慣可能由此而來。

十一歲第一次搬家，積極幫忙，因為終於可以盡覽老頭子珍藏，暗中默記目標位置，搬好家後有機會就偷看。隨著年紀增長，身手當然有進步，不容易被發覺。老頭子中年後只研究小說、戲劇，不教大一國文，詩詞讀本閒置在客廳角落的舊書架，而我剛好開始發瘋愛上詩詞，「皇帝不寵，打入冷宮，遂為太子狎」。

十七歲第二次搬家，膽子更大，順手牽羊了兩本不起眼的小書：一本是《李白詩》傅東華選注，商務印書館一九六四年版，定價台幣二元，另一本是教寫唐詩的，名字忘了，用來查詩韻的，十年前翻爛了，體無完膚，從來沒留意其書名。某年，老頭子訪我新居，看見書櫃中兩本殘書，問：「怎麼跑到你那裡了？」我若無其事：「不是你給的嗎？忘了，不過很有用。」老頭子頭腦精明，豈容受騙：「怎麼可能給你？一定是什麼時候偷的。殘成這樣，不知偷幾年了！」（太子當場被逮，幸皇恩浩蕩，免圈禁。）

這幾年老頭子贈了好些小書，都是薄薄的原著，上世紀六、七〇年代的出版物，那年頭，家裡地方淺窄，書以精薄短小好收藏為基本條件，且老頭子向來贊成多讀原文，注本只看經典就夠了。

今夜突然起興翻出另一書，此書乃念大學時參加詩詞創作比賽獲獎後老頭子「割愛」送的，一九七八年初版，四川人民出版社，售價人民幣〇・二七元。看到畫押心中一跳：老頭子買此書於一九七九年六月二十三日，當年老頭子三十九歲，今天二〇一〇年六月二十三日，輪我三十九歲，忽然起興寫出此文、翻出此書，天下之事，無巧不巧。

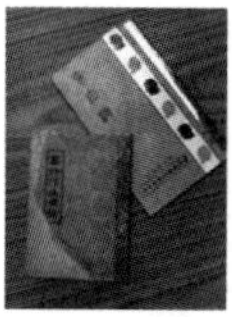

匆匆

世界上有一種東西叫做匆匆，操弄在上帝的手裡，上帝利用它，不知奪走了多少人的歲月，模糊了多少人的記憶。

匆匆又是三年，或是五年，記不清楚了。

每一個人的幸福背後都有一段痛苦，必須經歷它、容納它、負載它，直到它已完全融入你的生命，然後你開始逐漸適應與它共處。它就像是一塊傷痂，長在你的身上，你卻千方百計想要擺脫它，從不覺得正在擁有它。終於某天，你把它忘記了，再某日，你重新發現它的存在，心裡就冒起一個奇怪的念頭：往事匆匆啊！

所有刻骨銘心終必化骨揚灰，生命敵不過歲月，即使最終無法忘記，那最終其實還不是最終。從無法忘記到終於忘記的距離，長如永恆，短如剎那，回首向來，總是匆匆。

輯5

餘韻

硬要寫詩

不合時宜的人總有滿肚子不合時宜，誰不知道這年頭已沒幾個人讀詩寫詩了，偏偏要寫，奈我如何！

單身舞

我踏著十四行詩的舞步
四四四二，四四三三
一段懷舊的旋律不失優雅
一種懷舊的心情不合時宜

我踏著十四行詩的舞步
四四四二，四四三三
模仿丘比特窺視愛情
何以我只發現傷痛

我踏著十四行詩的舞步
糾結在字限中如何說得明白
沉溺半夜的哀怨情緒

我踏著十四行詩的舞步
用她無心的鋼琴輕輕伴奏
四四四二，四四三三

往北走

仰慕雪
冰冷而飄渺
觸手即融
拒絕任何親近

於是我踩著冰雪離開
往北走，雙腳深陷於霜寒
它奪走了所有生機和熱
留下濕冷的重量

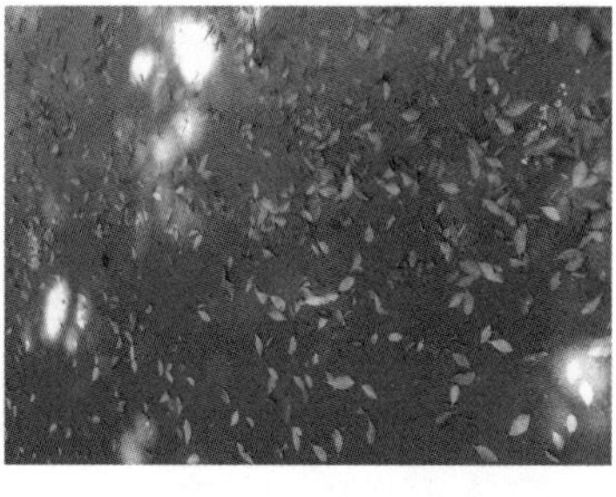

往北走，走到山深處
雪妖的歌聲在飛
天上掉下白色的長髮

她竟向我回眸一笑
一轉身消失不見
於是我往北走，繼續往北走……

錯誤

大珠小珠落玉盤
你聽得出輕重之別
音符在彈指間迴旋跳舞
逃避某一點不與之相碰
孤伶伶的某一點

我把緣字寫歪了兩筆
於是四方都是綠意
投向千里外的青山碧水
火燙的夕陽如某一點
如某一點格格不入

你按下全部刪除功能
無聲中彷彿無人再哭泣
我關掉光
所有的綠深如潑墨

初春

春天到來，笑笑
花將開未開
一抹淡雅的溫柔
我們滿懷期待

唱起歌，迎向天涯
太陽將升未升
一線含羞的微白
我們熱情盼望

在此寒夜，沒有暖酒
沒有可相聚的人
我和你
透過月色交談

我們
天真的我們

清明

清明的雨飄泊無依
清明的山頭都是人煙
那些燒不成火焰的追思四竄
那些每年只來一次的後人

每年我們燒了香鞠了躬就走
小孩子纏著階梯玩剪刀石頭布
我們上了山又下了山
找一間餐廳把燒肉吃掉

未來我應該這樣訂下遺囑
骨灰撒於大海只留一張家庭照片
每逢清明辦幾桌親朋晚宴
好酒好菜來談談這死人的往事

如果你講不出什麼
就請讀一首我寫過的詩

轉輪

不要張揚這一再矯飾過的愁善感
不要說些多餘的話
不要在我面前來回晃動
不要哭泣

今天是我離開了
某一天終會輪到你
自然地重複在運行的世事
無須造作

輕輕的我走了
正如我輕輕的來
枉費了中間的一大堆歲月

我不是歸人
是個過客
回到起點又重頭來過

Message 06
無眠之夜

作者／曾孟卓
封面攝影／初聲怡
內頁攝影／曾孟卓
選書責編／何宜珍
文字編輯／潘玉芳

版權／葉立芳、翁靜如
行銷業務／林彥伶、林詩富
總編輯／何宜珍
總經理／彭之琬
發行人／何飛鵬
法律顧問／台英國際商務法律事務所　羅明通律師
出版／商周出版
臺北市中山區民生東路二段141號9樓
電話：(02) 2500-7008　傳真：(02) 2500-7759
Blog：http://bwp25007008.pixnet.net/blog
E-mail：bwp.service@cite.com.tw
發行／英屬蓋曼群島商家庭傳媒股份有限公司城邦分公司
臺北市中山區民生東路二段141號2樓
讀者服務專線：0800-020-299　24小時傳真服務：(02)2517-0999
讀者服務信箱E-mail：cs@cite.com.tw
劃撥帳號／19833503　戶名：英屬蓋曼群島商家庭傳媒股份有限公司城邦分公司
訂購服務／書虫股份有限公司客服專線：(02)2500-7718；2500-7719
服務時間：週一至週五上午09:30-12:00；下午13:30-17:00
24小時傳真專線：(02)2500-1990；2500-1991
劃撥帳號：19863813　戶名：書虫股份有限公司
E-mail：service@readingclub.com.tw
香港發行所／城邦(香港)出版集團有限公司
香港灣仔駱克道193號東超商業中心1樓
電話：(852) 2508 6231　傳真：(852) 2578 9337
馬新發行所／城邦(馬新)出版集團Cit　(M) Sdn. Bhd. (458372U)
11, Jalan 30D/146, Desa Tasik, Sungai Besi,
57000 Kuala Lumpur, Malaysia.
電話：603-90563833　傳真：603-90562833
行政院新聞局北市業字第913號

視覺設計／copy
印刷／卡樂彩色製版印刷有限公司
總經銷／聯合發行股份有限公司　電話：(02)2917-8022　傳真：(02)2915-6275

2011年（民100）11月初版
定價270元

ISBN 978-986-272-061-5

Printed in Taiwan

本書作者出版收益，將全數捐予「香港連心42社會服務團隊」www.LP42.com 及「台灣蘋果日報慈善基金」tw.nextmedia.com/charity/ 助學之用（各半），聊表心意。感謝各買書人支持。

國家圖書館出版品預行編目資料

無眠之夜／曾孟卓著.--初版.　--臺北市：商周出版：家庭傳媒城邦分公司發行，2011.10
304面；14.8*21公分.　--（Message；06）
ISBN 978-986-272-061-5（平裝）
848.6　　　　100020831